僕が愛した
すべての君へ

致我深爱的每个你

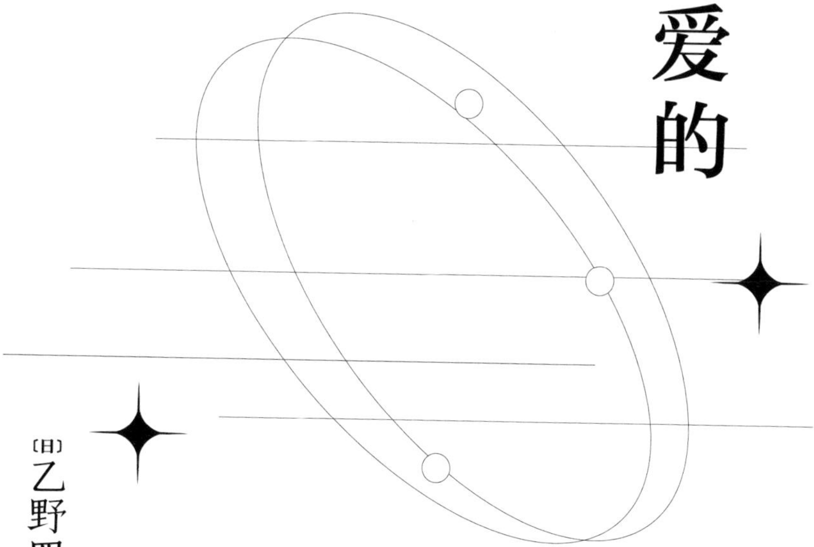

〔日〕乙野四方字 著
周立彬 译

中国友谊出版公司

目 录

CONTENTS

序章，
或是终章

我直到最近才听说“居家临终”这个词。

罹患癌症、时日不多的患者，拒绝在医院接受治疗或在安宁病房进行临终治疗，而是回到住惯了的家中，在家人们的陪伴下度过生命最后的时光。当住在一起的儿子和儿媳向我做出这个提议时，我感到无比幸福。

虽然我不想给儿子、儿媳和孙女添麻烦，但我相信家人们愿意陪我一起走过人生最后的时光，这让我感到非常高兴。

我接受了不使用抗癌药物、不进行生命维持治疗这两个条件，选择了居家临终。

七十三岁。或许这个年龄死有些早了，但不可思议的是，我并不觉得害怕或是不满。晚年能在自己宽敞的家中，和心爱的妻子、可靠的儿子、温柔的儿媳，还有可爱的孙女共享天伦之乐，我很满足。就算明天我的心脏会在痛苦中停止跳动，只要家人们陪在我身边，我就能含笑九泉。真是幸福的一生啊。

不过，我无论如何都必须再活三天。

我对着戴在左手腕上的便携终端机，用语音功能查询三天后的日期，就能呼出日历程序中记录的一条日程："八月十七日，上午十点，昭和路十字路口，穿紧身衣的女人。"

昭和路十字路口是这个镇里最大的十字路口，从我家步行过去需要二十分钟。"穿紧身衣的女人"是建在路口附近的一座铜像的名字。

三天后的上午十点，昭和路十字路口，"穿紧身衣的女人"。

我再怎么想也想不起这个日程到底是什么。

我所使用的终端机，到了月末就会自动通知记录在系统中的下一个月的日程。我就是通过这个功能得知了这一日程，但我究竟是和谁相约见面？我是什么时候输入这个日程的……我绞尽脑汁也想不起来。

那么，是除了我的其他人偷偷在我的终端机里添加了这个日程吗？

终端机使用的是声纹认证，其他人应该是没办法操作的，不过破解方法也多的是。于是我问了家人，但谁都对此没有印象。“是不是爷爷自己输入的，忘记了？”孙女甚至还说出了如此伤人的话。我可不想承认自己已经年老昏聩到了这种地步。

不过，我也想不出家人对我说谎的理由。我最近开始觉得，搞不好真是我自己输入的，只不过忘记了而已。

其实不管是谁输入的都不重要。

三天后的上午十点，只要去一趟昭和路十字路口就能明白了。在那里等待着我的究竟会是什么？这是我现在最期待的事。

因此——我必须再活三天。

我关上枕边的台灯，在床上躺好，准备就寝。醒来后就只剩两天了。所幸最近身体状况良好，我乐观地认为两天后稍微出个门没有任何问题。好久没到十字路口去了。我抱着与年龄不相称的雀跃心情，闭上了眼睛。感觉今晚能做个好梦。

然而敲门声马上又让我睁开了眼睛。

“请进，门开着。”

我没有起身，只将灯打开，迎接来访者。小心翼翼地探出头来的，是读小学五年级的孙女小爱。

“爷爷，你睡了吗？”

“我正要睡呢，没关系的。”

“身体感觉怎么样？”

“还行。”

“我能和你说说话吗？”

“当然可以。快进来吧。”

小爱用手关上身后的门，似乎在犹豫什么，不肯开口。真奇怪。小爱平时可不是个如此内敛的孩子，从来都是有话直说。发生了什么？

“怎么了？想说什么就说呀。”

我坐起身，用尽量温和的语气说道。

虽说都是一家人，但人似乎会对同性严格、对异性宠溺。比起严厉的奶奶，孙女和我这个和蔼的爷爷关系更亲密。当然，奶奶其实也很喜欢小爱。正因为有她严格地教育小爱，我才能放心地宠她。

小爱低着头走近我，把脸埋在我胸前，静静地开始哭泣。

仔细一想，平时小爱放学后总会径直到我的房间来，告诉我她回家了，但今天却没来。是在学校里发生了什么不愉快的事吗？但我刻意没有问出口，只是默默地抚摸着她的脑袋。

小爱哭了一阵子后，抬起下巴，慢慢开始说话。

我将她断断续续的话语拼接成句，发现其实不是什么值得担忧的大事。

简单来说，就是小爱向同班的男同学表白，却被拒绝了。

虽然我觉得小学生谈恋爱有些太早了，但我绝不会轻视她的眼泪。不过，无论如何，得知可爱的孙女只不过是为了这点小事而哭泣，我松了口气。

“早知道……我就……不去……表白了！”

虽然这个理由在我看来很是可爱，但她本人现在比世界上的任何人都更为认真地难过着。我希望能稍微缓解她的悲伤，用手拍了拍她的后背。

“小爱，把你的 IP 给我看看。”

我握着小爱的手，指了指手腕上的便携终端机。小爱肿着眼睛，不解地看着我，操作起了终端机。

在通过全息投影扩大的屏幕中显示着“IEPP”四个字母，下面是六位数字。三位整数，隔着一个小数点，然后是三位小数。三位小数以肉眼难以分辨的速度变换着，三位整数则看得一清二楚。那三个数字正好是“000”。

小爱已经上小学五年级了，基本的常识在学校里应该都学过了。

“小爱，你刚才说‘早知道我就不去表白了’，但我觉得你这么想是不对的。我觉得你能鼓起勇气表白是件好事。”

“为什么？”

“你应该已经学过平行世界了吧？”

“嗯。”

“小爱的表白创造出了其他世界的可能性。虽然在0世界里你被拒绝了，但在其他世界里，你一定已经和喜欢的人在一起了。”

“就算其他世界的我和他在一起了，但这个世界的我没能和他在一起，那就没有意义啊。”

“不是这样的。所有世界的小爱都是同一个小爱。小爱你曾经转移到过IP2或IP3的世界，对吧？”

“去过好几次呢。”

“你在那些世界里讨厌爷爷吗？”

“当然不会！”

"谢谢你。爷爷也同样喜欢着从其他世界来的小爱哦。"

"嗯。"

"平行世界是在这个世界上没能实现的可能性的世界。所以说，小爱的勇气一定在某个世界里得到了回报。其他世界中的你和喜欢的人在一起了，那个你也一样是你。也就是说，你的表白并没有白费。"

"我听不太懂。"

向小学五年级的孩子说这些真的有些太早了吗？对平行世界的看法本身就是因人而异的。我在年轻时也常为平行世界而感到烦恼。不过，嘟着嘴说自己听不太懂的孙女已经不再哭泣了。通过让她思考其他事情分散注意力，从而不再感到悲伤，这种应付的手段也只有大人才能想得出来。

"那我用小爱也能听懂的方式来讲吧。你虽然被拒绝了，但正是因为这样，你才获得了和世界上其他人在一起的可能性。小爱你一定能遇见更棒的男生，到那时候再谈恋爱吧。"

"更棒？有多棒？"

"像爷爷一样棒？"

"不行！我喜欢更年轻一点的！"

被孙女给拒绝了。还挺扎心的。

无论如何，她似乎打起精神了。是因为年轻才恢复得这么快吗？还是说等到独处的时候又会哭呢？

我目送小爱走出房间，重新躺好，关上屋里的灯。我闭上双眼，准备迎接明天的到来。

或许在这之后，小爱一觉醒来会发现自己转移到了表白成功的世界，经历一段幸福而困惑的时光。她也许会不想回来，也许庆幸自己没和他在一起。

那时，我将会问来到这个世界的小爱：

那个世界的我，听说你表白成功时，用怎样的话语祝福了你？

一定和我现在所想象的话语相差无几吧。

○ ○ ○

不巧的是，从当天早上开始，我的身体状况就不太好。

不过我向家人隐瞒了这件事，拿着药和钱包出了家门。

“我出去一趟。”

“好，路上小心。”

毕竟相处了这么久，我感觉妻子已经看穿了我的谎言。但也正因为相处了这么久，她什么也没问就让我出门了。

八月十七日，上午九点半。我出发前往昭和路十字路口。

步行前往对我来说已经过于困难，我坐上了平时坐的电动轮椅。轮椅的最高时速能达到十公里，但活到这把年纪也没什么好着急的了。我望着过去自己曾徒步走过的街道，以四公里的时速缓缓前行。

不知怎么的，我想起了年轻的时候。以前还没有那栋楼。那座雕像是什么时候消失的？这家店为什么倒闭了？……我回忆着街上的一景一物，将这些光景印在脑海中。今后肯定没有这样出门的机会了。

有些慢了。我本打算在约定时间的十分钟前抵达十字路口，但我一看手表，马上就要十点了。

昭和路十字路口。这是全镇最大的十字路口，将镇里的中心地段一分为四。

理所当然的，十字路口的交通量很大，交通信号灯也是人车分离式的。据说以前这里还有一座联通各个路口的大型人行天桥，但由于桥桩影响视野，存在安全隐患，被拆除了。我非常喜欢曾在老照片上看过的那座天桥，经常站在原地抬起头，想象自己走在天桥上的样子。

这个十字路口充满了回忆……

但在抵达目的地之后，我还是想不起和谁约在这里见面。

今天上午十点。昭和路十字路口。不知何时被输入了我的终端机里的谜一般的日程。我原本还抱着一丝希望，心想也许是我自己输入后忘记了，来到约定地点就能想起来……但我好像还是什么都想不起来。

十字路口的西南角上是一块小得不能称为公园的绿地，“穿紧身衣的女人”就立在那里。这座刻画了一位少女羞涩地用手掩着胸脯的铜像，从我出生以来就一直在这里。虽然早已看惯，但我却对这座铜像一无所知。我不知道它的原型是谁，也不知道它带着怎样的寓意被立在这里。

约定的地点应该就是这里，但附近只有在等红绿灯的行人，看不到像是在等我的人。我停下轮椅，出神地抬头看着铜像。突然，我感觉旁人在用怪异的眼神看着我，我赶紧移开视线。

行人信号灯不知何时已经变绿，等红绿灯的人们已经离开。取而代之的是一大群人从人行横道对面走来。不过，这里只是个小镇，人流量比电视上那种大都市的十字路口要少得多。

我漫无目的地看着行人过马路。

几乎所有人都已经过完马路了，信号灯还没开始闪烁。由于行人信号灯要等很久才会变红，因此绿灯的时间比较长。

就在这时，我看见一个女孩一动不动地站在那里。

她站在离人行道只差几步的位置，但她既不往这边走，也不跑回另一边，只是呆呆地站在那里。

行人信号灯的绿灯时间再怎么长，一直站在那种地方还是很危险的。我启动轮椅，靠近人行横道，对那个女孩说道：

“你好，你站在这里干什么？这样很危险的。”

女孩听见我的声音，转过头来。大概是个初中生吧。女孩身穿白色连衣裙，有着一头又长又直的黑发，非常可爱。

女孩看见我，歪了歪脑袋，用天真的声音问道：

“你是来迎接我的吗？”

“迎接”这个词有些夸张，但我的行为确实可以用这个词形容。在我们对话的同时，信号灯已经开始闪烁。因此，我顺着女孩的话接了下去。

“对，我来接你了。快过来吧，我们一起走。”

我这么说着，伸出手。少女露出喜悦的微笑。

然后消失不见了。

我伸着手，僵在了原地。

信号灯终于变红，车辆开始从眼前驶过，我暂且把轮椅倒回到了铜像前。我再次看向人行横道，还是不见少女的身影。

眼前的少女突然消失了。我曾经历过类似的事，但时隔这么久，脑海中还是瞬间变得一片空白。

简单来说，我刚才进行了平行转移——移动到了平行世界。

所谓平行转移，就是在同一个时间点，和某个平行世界中的自己交换意识的现象。地点没有改变，说明这个世界中的我也在同一个地方。这么说来，应该是相对来说较近的平行世界，但既然少女消失了，那说明这里并不是 IP 相差 2 或 3 的世界。我恐怕转移到了 IP 至少相差 10 的世界。我已经好久没转移到这么远的世界了。这么一来，在最糟糕的情况下，在 0 世界中，那个少女可能已经被车撞了。

这么说来，我今天还没有确认IP呢。也就是说，我可能今早醒来的时候就已经处在其他世界中了，直到刚刚才回到了0世界。

为了确认IP，我用语音呼出手腕上终端机的IEPP画面，显示出六位的数字。如果这个数字是“000”的话，就表示这里是0世界……

然而，画面上显示的并不是数字，而是“ERROR”。

“坏了？”

怎么会这样？这么一来，不就没办法知道自己现在处在哪个世界了吗？

如果我现在处在0世界，少女站在人行横道上的世界是某个平行世界，那就束手无策了。但如果相反的，我现在处在平行世界，少女站在人行横道上的世界是0世界的话……我担心得不得了。不知道去往0世界的这个世界的我，有没有救下那个女孩？

有没有办法马上确认这里是哪个世界？我意识到就算叫住行人，看他们的IP也毫无意义。可以去市政府申请临时终端机，但领取需要通过好几道审查手续，没办法马上拿到。

有没有什么办法？有没有……就在我思考的

时候。

我突然想起了一件事。

不知道自己现在处在哪个世界。说起来，如果是以前，这不是理所当然的吗？

距离某位科学家证实平行世界的存在，人类发现自己会在无意识间频繁地移动到平行世界，已经过去了几十年。现如今这已经成了小学生都知道的常识，但在过去，平行世界的概念还只存在于虚构作品中。我现在只不过是回到了那个时候，不是吗？

那个时候，“平行世界”这一概念突然闯入了我的生活。

我第一次认识到平行世界的存在，是在我刚要满十岁那年。

第一章
幼年期

七岁的我已经理解了“离婚”这个词的意思。当被问起想和父亲还是母亲一起生活时，也从容地给出了答案。

父亲是专业领域中著名的学者，母亲的娘家家财万贯。无论跟哪边，我应该都不愁吃穿。这么一来，只要看自己的心情决定就行。最终我选择了跟随母亲。倒不是因为我喜欢母亲多过父亲，而是我担心跟了父亲会影响到他做研究。

两人离婚似乎是因为聊不来。父亲常在研究所过夜，偶尔回家时会和母亲聊研究的内容，但母亲一点都理解不了。父亲说话时总是抱着“我能理解的事对方肯定也能理解”的心态，两人聊起天来完全不在一个频道上，我经常能看到母亲独自苦恼的背影。

所以我心想，我还是不要跟着父亲给他添乱比较好。不，当时的我倒也没有想得这么清楚。

有趣的是，离婚之后，父母的关系反而变好了。毕竟两人结过婚，还生了孩子，应该还是彼此相爱过的。在我长大前，父亲每个月至少会和母亲见一次面。有时带上我，有时单独见面，来往颇为密切。或许那样的距离感对两人来说正合适吧。总之，我很高兴父母能够和睦相处。知道自己没被嫌弃，我就放心了。

关于儿时，有一件事让我印象深刻。在父母离婚，我搬到母亲娘家和外公外婆一起生活了几个月后，我让父亲给我买了一把空气枪。

某个休息日，我和母亲一起到公园去见父亲。原先每天住在一起，现在每个月只能见一次，我本以为自己会感到更加寂寞，但仔细一想，父亲的工作时间和休息日并不固定，我本来就很少见到他。倒不如说像现在这样一家人每个月一起出门一趟，相处的时间或许还变多了。

“小历。”

一个月没见的父亲喊了我的名字。住在一起的时候他多久才喊我一次名字呢？我记不太清楚了。这么想来，光是听到他喊我的名字，我就能这么高兴，这样的关系或许并不坏。

“你有什么想要的东西吗？”

就在几天前，我迎来了八岁的生日。他应该是想给我买生日礼物吧。在父母离婚前，给我买东西的总是母亲，光是想到这次是父亲给我买东西，我就感到有些高兴。

而且，当时的我正好想要一样东西。

“我想要空气枪！”

“空气枪？”

“嗯，最近在学校很流行。”

“哦，在哪里能买到？”

我知道在一家百货商场的玩具店里能买到，因为有个同学总是炫耀自己的父母在那里给他买了空气枪。

我带着父母来到百货商场里的玩具店，找到了堆在商店角落里的空气枪。我完全不了解枪的种类，只是觉得大家都有的东西，我也想要有。我毫不犹豫地拿起一把空气枪递给父亲。

“我要这个！”

“没想到还挺便宜的，连两千元[①]都不到。行，那就……”

父亲说到一半突然停下。

我不解地抬头看他的脸，只见他一直盯着盒子。

“适用年龄是十岁以上啊。”

我心想，糟了。

当时的我才刚满八岁。当然，那些炫耀空气枪的同学也都只有八岁或者七岁。很多同学的父母大概都不怎么在意细节吧。我不知道自己的父亲是否也是这样的。顺带一提，我的母亲是很注重细节的人。不过这次是我让父亲给我买礼物，那就和母亲没关系了……这显然是不可能的，但我毕竟还是个小孩，没想太多。

如果父亲以适用年龄为由不给我买的话，我还准备用各种各样的方式去说服他：同学们都有一把，八岁和十岁也差不了多少，我保证一定会小心使用……

不过这一切都只是杞人忧天。

① 这里所指的是日元，1 日元约为 0.06 元人民币。下同。

"嗯，八岁和十岁也差不了多少吧。"

我在心中暗喜。看来父亲是个不在乎细节的人。

听父亲这么说，母亲还是微微皱起了眉头。但大概是因为两人刚离婚，她总觉得对我有所亏欠，所以并没有对适用年龄的事多说什么。于是，我便顺利获得了这把本该年纪更大一些才能玩的空气枪。

我们再次回到公园，我马上拿出空气枪开始玩耍。玩了一阵子之后，我的肚子饿了，一家人就一起吃了饭。约好下个月再见面后，母亲和我便同父亲分开，走上回家的路。

刚回到家，巨大的黄金猎犬就凑过来找我玩耍。

"我回来了，尤诺。"

尤诺摆动着尾巴。我摸了摸它的耳后。它很喜欢我这样摸它。

尤诺是外公在我出生那年开始养的，以前我偶尔来这里玩的时候都会和它一起玩耍。现在我们每天都玩在一起，这也是住在母亲娘家让我感到高兴的事情之一。

"爸爸给我买了这个，很棒吧？"

我向尤诺炫耀空气枪。尤诺不解地歪着脑袋。我在电视上经常看到的假装朝小狗开枪，小狗就会装死的那种表演，不知道尤诺能不能做到？

“不能拿枪对着尤诺哦。”

身后传来母亲略显严厉的声音，大概是看穿了我的心思吧。我老实地应了一声“好”。回家路上，母亲就一直告诉我不能拿枪指人。烦死了，我知道啦。我在心中暗想道。

在抚摸了尤诺一阵子后，我洗好手，走进屋里，很有精神地朝坐在客厅的外公打了招呼。

“我回家了，外公！”

“哦，欢迎回来，小历。玩得开心吗？”

外公用温和的微笑迎接了我。他虽然平时不怎么说话，但很疼我，经常拿甜甜的糖给我吃。

“嗯。外公，我要吃糖。”

“今天已经吃过了吧？每天只能吃一颗哦。”

不过，他每天都只肯给我一颗糖，我觉得他真小气。我非常喜欢那种糖，想吃好多好多，但外公却把糖放在我够不着的衣橱最上面的抽屉里，不让我随便拿。

就连糖这样的小东西，他都会觉得吃太多不好，每天只给我一颗。我当时没有意识到外公是个这么严格的人，不假思索地把父亲买的空气枪拿出来向他炫耀。

“那算了，不说糖了，外公，你看这个！”

“哦，是空气枪啊。男生果然还是喜欢这种玩具啊。外公小时候……”

原本温和微笑着的外公，目光突然变得锐利起来。

“小历，把枪给我。”

“啊？好……”

我被外公的态度吓到，乖乖地把空气枪连同盒子一起交给他。

外公拿走空气枪，指着盒子的一部分，用严厉的声音说道：

“适用年龄写着十岁以上，你还太小了。”

这么说完，外公便站起身，出了房间。他再也没有把空气枪还给我，我心想外公应该是把它扔了。

我放声大哭。那天之后，我变得非常讨厌外公。我固执地认为外公也讨厌我。于是，我开始和安慰我的温柔的外婆变得亲近，几乎不再和外公说话。

直到两年后外公去世，我才明白他其实一直以他自己的方式爱着我。

外公离开这个世界前，给我留下了一个谜题。

○ ○ ○

“小历。”

纸拉门的另一侧传来外公叫我的声音。

在空气枪被外公扔掉两年之后，我仍然讨厌着他。我再也不去他的房间向他讨糖吃了。所以我本打算假装没听见他在喊我，直接出门去玩，但在被叫名字的时候我还是停下了脚步。这么一来，外公肯定知道我已经听见他的声音了。

我放弃抵抗，拉开了外公房间的纸拉门。要是假装没听见就出去玩，被他发现了肯定会被骂的。

“外公，什么事？”

我故作镇定地走进房间，只见外公躺在床上。我刚搬到这里来的时候，外公还是在榻榻米上打铺盖睡觉的，但自从去了几次医院后，他就开始睡在这种用开关控制的床上了。

“来这里。”

外公用虚弱的声音呼唤我。他好像已经没办法像原来那样大声说话了。

我听妈妈说外公生病了。我走到他的床边，心里想着，像外公这种人赶快死掉算了。

“要吃糖吗？”

“不要，我不吃。”

从那之后我一直没吃糖，但我现在也能清楚地回忆起那甜蜜的味道。我其实是想吃糖的，却不知道为什么没说出口。

“是吗？”

外公小声嘀咕道。我不知道他心里在想些什么。

外公不再提糖，而是拿起放在床边桌子上的一个盒子，递给了我。

“小历，这个给你。”

“这是什么？”

那是个和在学校用的笔记本差不多大小的盒子，拿着不怎么重，摇起来也没声音，里面也许空无一物。不过盒子的外观看起来像个宝箱一样，让我感到有些兴奋。

然而，我想要打开盒子，却怎么也打不开。

“外公，这个盒子打不开啊。”

“对，这个盒子上锁了。”

“钥匙呢？”

“藏在只有我知道的地方了。”

“为什么要藏起来？快把钥匙给我呀！”

“外公死之前会给你的。”

听他这么说，我心中一惊。

我讨厌外公。

自从空气枪被扔掉的那天起，我就无数次在心中暗想，外公这种人赶快死掉算了。

难道被外公知道了？

“还有……”

外公好像还想说些什么，但我感到很害怕，拿着盒子跑出了外公的房间。

○ ○ ○

几个月后的某个休息日。

因为和同学约好一起玩，我吃过午饭就马上准备出门。

“小历，你要出门吗？”

我在玄关穿鞋的时候，妈妈喊住了我。真奇怪啊，我昨天晚上明明已经告诉过她今天要出去玩了。

“对，要去和同学玩。”

“今天外公的身体情况不太好，你别去玩了，待在家里。”

妈妈一脸认真地说道，但我却……

“我才不管外公怎样呢！我出门了。”

我这么说完，穿上鞋子，打开了玄关的门。

“那至少早点回来！”

我没有回应妈妈的大喊，跑出了家门。平时很乖的尤诺唯独在那天朝我的背影吠了一声。

然而我还是像以往一样玩耍，像以往一样玩到了傍晚。

最后，我总算在太阳下山前回到了家里。

但已经晚了。

“我回来了！”

“小历，你要玩到什么时候？我不是让你早点回来吗？”

迎接我的是妈妈怒不可遏的表情和声音。

“对……对不起，可是，为什么？”

妈妈不光是在生气，她还在哭。

“你外公他……你外公他……”

——死了。这个词的意思，我还是明白的。

但我完全不知道该对此作何感想，说些什么。

“外公他一直在问小历在哪里，一直问，一直问……我多想让他见你最后一面啊……”

妈妈立刻不再生气，又开始哭了。外婆也在哭。

我的眼里流不出泪水。我只是心想，外公那么讨厌我，应该不会想要见我才对。

不过，有一件事情让我很是在意。

“那个，妈妈……”

“什么事？”

“那个，外公他，有没有想要告诉我什么？比如，要把什么东西给我之类的。”

“你跟外公有什么约定吗？”

“嗯，他说会给我钥匙。”

“钥匙？什么钥匙？”

我没把外公给我盒子的事告诉任何人。我虽然讨厌外公，但偷偷拿着宝箱的感觉还是令我兴奋不已。

要不要把盒子的事告诉妈妈？就在我陷入烦恼的时候……

“外公的病情突然恶化，一直在喊你的名字，可能就是想把钥匙给你吧。但在你回来之前，他就……”

这么说完，妈妈又哭了起来。

对我来说，比起外公去世，我更担心的是这个宝箱可能再也打不开了。早知道会这样，我就不出去玩，待在家里了。那样也许就能从外公手上拿到钥匙了。

钥匙在哪里？盒子里有什么？或许这个谜题永远解不开了。

我后悔极了。我真的永远拿不到钥匙了吗？

我发自内心地想要再见外公一面。

就算是外公的幽灵也好。我想再见外公一面，让他把钥匙……

○ ○ ○

下一个瞬间，我出现在了一个莫名其妙的舱体里。

“嗯？”

我躺在这个舱体里一张像床铺一样的东西上。眼前是一面透明的玻璃，上面映出了我的脸。好像是这个舱体的罩子。我试着用手推了推，发现这个罩子从里面是打不开的。我几乎陷入恐慌，心想，该不会出不去了吧？

为什么？我刚才明明还在家里啊。外公死了，妈妈和外婆在哭……这里又是哪里？我为什么突然来到了这种地方？

莫名其妙。我差点放声大喊：快打开罩子，让我出去！

这时，我看见玻璃罩对面有个人影。

站在那里的，是一个和我年纪相仿的我不认识的女孩。

我不假思索地敲了敲玻璃。女孩听见敲打声吓了一跳，缩起身子。糟了，要是把她吓跑就不好了。我用尽量平静的声音对她说道：

“那个，你听得见吗？能不能把这个罩子打开？我从里面打不开。”

所幸，她似乎听得见我的声音。女孩开始在舱体周围四处鼓捣，费了好大工夫，终于把罩子打开了。

从舱体中走出来的我，首先环视了四周。

这是个又白又宽敞的房间。房间里有好多台机器，许多电线连接着我刚才所在的舱体。虽说是舱体，但并不是那种四方形的箱子，而是像机器人动画片中的那种驾驶舱一样的形状。[①]

① 此处及上文中的“舱体”，日语原文均为“箱”，一般指方形容器，也可用于泛指容器，在本书中根据语境译为“舱体”。

然后，还有面前这个为我打开舱体的女孩。

我和女孩一言不发地对视着。她身穿白色连衣裙，有着一头又长又直的黑发，非常可爱。但我真的没见过她。

总之，她既然在这里，就一定知道些什么。我鼓起勇气，开口问女孩：

“那个，你是谁？我，为什么会在这里？这是哪里啊？”

“……”

我刚一开口，女孩就转身跑出了房间。

“啊！等等！”

我立刻追了上去。女孩敏捷地逃行于结构复杂的建筑物中，动作一点也不犹豫。她步伐轻快，看来对这座建筑物很熟悉。我逐渐被拉开距离，终于，女孩穿过一个像后门一样的地方，逃到了外面去。

几秒后我也从后门出去，但狭窄的小巷中已经没有了女孩的身影。

时间是傍晚。被晚霞染红的是我毫无印象的街道。束手无策的我决定先去宽敞点的地方，于是绕到了建筑物的另一侧。

然后，我在多半是正面入口的大门旁看到了写有建筑物名称的标牌：

虚质科学研究所

虚质是什么我不太明白，但我知道科学和研究。简单来说，这里就是像爸爸一样的学者工作的地方。

标牌下方贴着一个写有区名和门牌号的牌子。这条街的名字我倒是听过，如果这里确实是那条街，那离我住的地方大概有步行一小时的距离。我为什么会在这里？妈妈呢？外婆呢？不安和疑惑让我差点哭了出来。

这时，我看见马路对面有一个看上去很和蔼的阿姨朝这里走来。我跑到她身边，阿姨用惊讶的表情看着我，停下了脚步。

“不好意思！请问这里是哪里？”

“嗯？是哪里是什么意思？”

“就是，这里是什么县、什么市、什么区？”

“这里是大分县大分市〇〇区。”

听完阿姨的回答，我稍微放心了一些。这里果然是我知道的那个〇〇区。这么一来，只要知道路就能走回去了。

“那个，请问你知道 ×× 区吗？”

“嗯，我知道啊。”

“从这里去 ×× 区该怎么走？”

“怎么走？难道你打算走路去吗？得走差不多一个小时哦。不能让你爸爸或妈妈来接你吗？”

“我没带手机。”

“阿姨的手机借你用，不用客气。”

阿姨这么说完，把手机借给了我。遇上这样的好心人，真是太好了。家里的电话号码我还是记得的。承蒙阿姨的好意，我用她的手机打了电话。

“你好，这里是高崎家。”

“啊，妈妈。”

“哎呀，是小历？怎么了？”

总觉得妈妈的反应和我想象中不太一样。不过她似乎有些惊讶。

“小历，爸爸给你买手机了吗？”

“不，是路过的阿姨借给我的。”

“嗯？”

“那个，我其实也有点搞不明白状况。你可以现在过来接我吗？”

“接你？可以是可以，但你跟爸爸说了吗？”

"爸爸？爸爸不在这里啊。"

"是吗？怎么回事呀，和爸爸吵架了吗？"

"啊？"

总觉得我和妈妈的对话有些牛头不对马嘴。

"行吧。那要我去哪里接你？"

"我在〇〇区一个叫虚质科学研究所的地方。"

"啊，你果然是和爸爸在一起呀。我现在就过去，等上车了再告诉我发生了什么事吧。"

"啊？好……"

一头雾水的我挂断了电话，把手机还给阿姨，回到研究所前等妈妈来接我。

妈妈为什么一直提起爸爸？我今天没和爸爸见面啊。而且，她刚才明明还哭成那样呢。

再说，我突然来到这里，难道不是意味着我从妈妈面前突然消失了吗？不，那是不可能的。如果是那样，那她一定会更担心才对。

那难道是我和妈妈说要出门一趟，自己走到了这里来，然后把这一切都忘记了？虽然我觉得不太可能，但这至少比瞬间移动的可能性要大吧……

想事情的时候时间似乎过得很快，人烟稀少的道路上传来了逐渐靠近的车辆的引擎声。不过，那并不是妈妈的车。我不想挡路，于是站起身走到了路边。

结果不知道为什么，那辆车逐渐放慢速度，在我眼前停下了。

“嗯？”

坐在驾驶座里的人是妈妈。

奇怪。妈妈开的应该是刚买的轻型车才对，但她现在开的却是辆很老的轿车。

不过，我仔细一看，感觉自己似乎见过这辆车。

“啊！”

我想起来了。这是外公的车。

最近几年这辆车一直放在车库里。是因为外公死了，妈妈才把这辆车开出来了吗？车里还有油吗？

我打开车门坐进副驾驶座，妈妈笑着迎接了我。

“哎呀，你爸爸呢？”

“我都说了，他不在这里。”

“哦，那要怎么办？直接回家吗？”

我又不是出来买东西的，现在只想赶快回到熟悉的家里休息。我让妈妈直接把车开回家。

妈妈一边开车，一边问道：

“所以，你今天是怎么了？跟爸爸闹矛盾了吗？”

怎么又提到爸爸了？到底是怎么一回事？

“没有，我今天就没跟爸爸见面。”

“那你怎么会在那里？”

“研究所？那研究所和爸爸有什么关系吗？”

“有什么关系？那里不是你爸爸工作的地方吗？”

我吓了一跳。爸爸确实是位学者，我刚才也想过他应该是在类似的地方工作，但没想到就是那里。

“是这样啊……”

“你忘记了吗？是最近没怎么去吗？”

“最近？我一次都没去过啊。”

“咦？爸爸说他带你去过啊。”

“和爸爸一起去过？”

“在你小时候去过好几次。可能你已经不记得了吧。”

原来是这样，我一点印象也没有。看来是我在很小的时候去的吧。

不过，怎么回事？从刚才开始，就有种，怎么说呢，不对劲的感觉。

我总觉得，好像哪里怪怪的。

我和妈妈牛头不对马嘴地聊着，终于，车开到了家里。院子里看不到那辆轻型汽车。到哪里去了？

妈妈让我在门口下车，然后把车开到屋后的车库里。

我打算先摸摸尤诺平复一下心情，但院子里却看不到它的身影。可能是已经进小屋里睡着了。如果现在把它吵醒，它就太可怜了。

屋里飘来晚饭的香味，我才发觉自己饿了。我打开大门，走进家里。

“我回来了！”

“哎呀，哎呀哎呀哎呀，是小历啊！”

外婆笑着喊我的名字。她似乎直到刚才都还在厨房里。她为什么这么高兴？外公才刚过世啊。

“你过来玩了呀。先坐下吧。肚子饿了吗？晚饭马上就好了。”

难道是外公过世给外婆的打击太大，让她变得有些不正常了？她刚才还哭丧着脸，现在却心情好得令人难以置信。我怀着不安的心情，听外婆的话，拉开了通往客厅的纸拉门。

这一次，我的思考完全停止了。

因为我看到有个人盘腿坐在四角矮桌前。

“哦，是小历啊，好久不见。来，快坐下，坐在外公旁边。”

刚过世的外公，正在朝我挥手。

○ ○ ○

我考虑过几种可能性。

第一，做梦。如果真是做梦就好了。然而这个梦，我对着自己的脸又是捏又是打，也没能醒来。

第二，幽灵。我刚才心想，就算是幽灵也好，真想再见外公一面。但我鼓起勇气摸了摸，发现外公既摸得到，身上也还有体温。

姑且把我疯了也算作一种可能性。我希望原因并不是这个。

思来想去我还是什么也没搞明白，只能尽量冷静地从妈妈、外公和外婆那里一点点地问出情况。

结果，我只能得到一个结论。

这个世界，是三年前父母离婚时，我没有跟随妈妈，而是跟了爸爸的世界。和我在某部动画片中看到的“平行世界”类似。

这个世界的我不住在这里，而是和爸爸住在一起。所以妈妈才会一直提起爸爸，外婆看到我才会那么高兴。

我不知道此时的自己为何能平静地接受这个事实，我甚至不担心自己能否回到原本的世界。得出这个结论后，我只考虑着一件事。

在这个世界上，外公还活着。

这是不是就意味着，我可以从外公手里拿到宝箱的钥匙了？

○ ○ ○

和外公说话需要很大的勇气。因为在原本的世界，我几乎已经不和外公说话了。

但我对宝箱难以抑制的好奇心更胜一筹。我下定决心，朝外公的房间走去。我已经两年没这么做了。

“那个，外公。”

“哦，是小历啊。”

“我能和你聊一聊吗？”

“当然可以啦。快进来，快进来。”

外公出乎意料地和蔼。因为在我的世界里，外公应该是讨厌我的，所以他对我这么好，我反而觉得可怕。

但我同时想到，除了扔掉空气枪那件事，我的世界的外公原本其实也很疼我。

那件事发生后的两年里，我一直躲着外公，连最后一面都没见上，他就去世了。事到如今，我才开始后悔，觉得自己应该多和外公聊聊天。可能只要聊开了，很快就能重归于好，也能从他那里拿到钥匙了。

这么一想，我对宝箱更加感到好奇了。如果我的外公和这个世界的外公一样疼我，那他到底会给我些什么呢？

“那个，外公，你有宝箱吗？”

“宝箱？不，我没有啊。”

看来事情没有这么简单。

这个世界的外公甚至连本该给我的那个宝箱也没有。那个宝箱可能是外公特意为我买的，因为在这个世界上的外公没有和我住在一起，没买也没办法。

“你想要箱子吗？如果是装零食的铁罐和盒子，外公这里还挺多的。”

外公这么说道。也许是我毫不掩饰的失望神情让他着急了。但我想要的不是那些东西。

“啊，说到零食，你想吃糖吗？”

外公这么说完，站起身，从衣橱最上面的抽屉里拿出了我最爱的甜甜的糖。

真让人怀念啊，是外公经常拿给我吃的糖。这个世界的外公也把糖放在了同一个地方。两年前我还够不着那个抽屉，但现在我长高了，应该够得着了。

我把外公给的糖放进嘴里，我最爱的甜味瞬间在口中化开。这时，我突然有了一个想法。

这个平行世界在很多方面和我的世界不同，但相同的地方也很多。比如外公放糖的地方就一样。

如果是这样，那外公心里想的事，应该基本上也是一样的吧？

"那个，外公啊。"

"嗯？"

"我说的宝箱，是爸爸给我的。但是他把钥匙藏起来，让我自己去找。如果是你，你会把钥匙藏在哪里？"

这个世界的我和爸爸一起住。因此，我想出了这个谎言。如果不同世界中的外公想的事情都是一样的，那我也许可以把这个世界的外公的答案作为线索，在原本的世界里找到钥匙。

"你爸爸还真有趣啊。"

外公微微一笑，认真思考起来。

“藏东西大概分为两种，绝对不希望东西被发现，其实希望东西被发现。根据情况不同，藏的方式也会不同。寻宝游戏基本上都是希望玩的人能找到宝物的。不知道你爸爸是属于哪种情况呢？”

“他应该希望我能找到吧。如果不想让我找到，那一开始就不会给我宝箱了吧。”

“嗯，是啊。小历真聪明。这样的话，如果是外公要给小历宝箱，那就得把钥匙藏在一个你能找到的地方。”

外公开始苦思冥想。然后，他给出了一个答案。

“我会藏在一个现在的小历不会去看，但总有一天会去看的地方。如果把钥匙放在那种地方，应该能藏一段时间吧。”

“那种地方是哪里？”

“这个嘛，外公没去过你爸爸家，所以不清楚啊。”

“就这个家！如果在这个家里，你会藏在哪里？”

“在这个家里？嗯，藏哪里好呢……”

结果外公还是得不出最为关键的答案。不过，这么大的房子，能藏东西的地方确实很多。

“说到藏东西，我记得尤诺从前经常会把鞋子什么的藏起来。”

忽然，外公的语调变得低落。

听他这么说，我有些惊讶。我所熟悉的尤诺从来不会干这种坏事。

这时我想到，对了，这个世界是平行世界。这个世界的尤诺，和我熟悉的尤诺是不同的。

这个世界的我不住在这里，也就意味着我和尤诺有一段时间没见面了。总之，我还是装装样子比较好吧。

“尤诺还好吗？”

听我这么问，外公眯起眼睛，回答道：

“是啊，它在天国一定过得很好吧。”

我差点喊出声来。

“在天国过得很好”，这话的意思是……

这个世界的尤诺，已经死了。

“尤诺是外公在小历出生的时候开始养的哦。”

这个故事我已经听过无数次了。那首名为《孩子出生就养狗吧》的诗，我也已经听得烂熟于心了：

孩子出生就养狗吧。

孩子婴儿时，狗是孩子的守护神。

孩子幼儿时，狗是孩子的好玩伴。

孩子少年时，狗是孩子的理解者。

等孩子长成青年，狗会用自己的死教会孩子生命的可贵。

“小历，你一定要成为一个坚强而温柔的人，替尤诺好好活下去。”

外公是特意为了偶尔来玩的我才开始养尤诺的。这点和我的世界的外公一样。

“尤诺从前经常藏鞋子，是真的吗？”

“是啊，它小时候经常干坏事呢。”

“但它后来就不怎么藏东西了吧？”

“因为外公教训它，让它要听话。要是尤诺把小历给咬了，对你们两个都不好啊。”

听外公这么说，我终于有些明白了。

干了坏事就要教训，这并不代表讨厌对方。

八岁的我拿着适用年龄十岁以上的空气枪。因为我做了坏事，所以外公才没收了我的枪。他不希望我伤到别人，也不希望我受伤。

这个世界的外公，如果看到爸爸给我买了空气枪，一定也会扔掉。而我却固执地把他当成恶魔，想当然地认为他讨厌我，单方面地讨厌着他。

外公果然还是很疼我。

“我好想见尤诺。”

我心想，好想回到原本的世界啊。

在这个世界，外公活着，尤诺却不在了。

在我的世界，尤诺活着，外公却不在了。

“小历可能暂时见不到，但外公可能很快就会见到它了。”

外公半开玩笑地说道。我能理解他话里的意思。

这个平行世界和我的世界基本一样。或许这个世界的外公也和我的世界的外公一样，患上了同一种病，活不了多久了。

两个世界的外公和尤诺都会死，再也见不到面了。

直到现在，我才开始为外公的死感到悲伤。这种后悔和拿不到钥匙的后悔不同，是一种我从未经历过的情感。

“那个，外公。”

“嗯？”

“今天，我可以和你一起睡吗？”

“啊，好，当然可以了。”

外公似乎是真的很高兴。我看着他灿烂的笑容，不知怎么感到更难过了。

但我强忍住悲伤，说道：

“还有，我还想吃一颗糖。”

“不行，糖一天只能吃一颗。”

我略感欣慰地笑了。啊，外公果然还是外公。

那天晚上，我躺在外公身边，在半梦半醒之中……

我忽然觉得自己好像知道钥匙放在哪里了。

○ ○ ○

第二天早上。

我睁开眼睛，不知怎么回事，竟然和妈妈睡在一起。

“哇——”

“啊，小历，你醒了？”

妈妈揉着眼睛说道。妈妈好像并不觉得和我睡在一起是件奇怪的事。明明从大概两年前开始，我就再也没和她睡在一起了。

理所当然的，和我一起入睡的外公不在身边。

难道说……

"外……外公呢？"

我小心翼翼地问道。妈妈一下子睁大了眼睛，然后又眯起双眼，抚摸我的头。

"殡葬公司的人把外公打扮好了，他现在正睡在佛祖的房间里呢。"

果然没错。我似乎回到了原本的世界。而且这个世界的我，昨天晚上不知怎么和妈妈一起睡了。

昨天我明明去了那个世界，但在这个世界也有一个我？

"那个，妈妈，昨天晚上……"

"怎么，一觉醒来觉得难为情了？昨晚的小历可爱撒娇了呢。"

啊，我明白了。

我昨天去了和爸爸住在一起的世界，而在那个世界中没和妈妈住在一起的我来到了这个世界，取代了我。

那个世界的我一定很黏妈妈。这么一想，我感到有些后悔。我应该在那个世界见上爸爸一面的。那个世界的我和爸爸住在一起，和爸爸的关系一定很好。

那个世界的我，在知道这个世界的外公死了的时候，心里是怎么想的？

“妈妈我原本还以为小历你讨厌外公呢。不过，似乎并不是这样的啊。”

听妈妈这么说，我感觉自己似乎知道了答案。

○ ○ ○

我久违地来到了外公的房间。

我之前几乎每天都会来这里和外公讨糖吃。自从两年前开始讨厌外公后，我就不怎么到这里来了。

这个房间和另外一个世界的外公的房间几乎没有区别。放糖的衣橱的位置、大小、形状都完全相同。

我不再来他房间后，外公还为我准备着糖吗？

现在的我感觉自己已经知道了答案。

一定准备着。

因为在我拿到宝箱的那天，外公问过我：“要吃糖吗？”我很后悔当时和他说不要。我真应该坦率一些，收下外公给的糖。那一定是我们和好的最好的机会。

我走到最大的衣橱边上。两年前我还够不着最上面的抽屉，但现在的我已经长高了，自己一个人就能打开了。我马上就要十岁了。

我打开了外公总是从里面拿出糖的那个抽屉。

里头果然放着我最喜欢吃的糖。

“我拿一个哦，外公。”

我拿起一颗糖放入嘴里，最爱的甜味在口中化开。但我真正想找的不是这个。我把手伸进装糖的袋子里摸索。

这里头一定放着……

“嗯？”

我的指尖感受到了某样坚硬的物体。

我把那东西拿出来一看，是把钥匙。

“果然在这里。”

我想起另一个世界的外公说过的话。

“我会藏在一个现在的小历不会去看，但总有一天会去看的地方。”

拿到宝箱时，我很讨厌外公，之后从不靠近他的房间。即便如此，外公仍然相信有一天我会再次去他的房间里向他讨糖吃。

就算到时候他已经死了，但我已经长得够高，能自己打开抽屉了。

所以外公才把钥匙藏在那里。

我取出自己藏在房间里的宝箱，连同钥匙一起拿到佛祖的房间里，来到外公睡着的地方。

外公躺在一床铺盖里。我本以为他的脸色会像幽灵一样惨白，但非要说的话，其实是有些偏黄。

外公原本就很瘦，现在的脸看起来似乎又瘦了一圈。

我只记得他生气的样子，现在的他看上去好像变了个人似的。

外公死了。

他不会再对我生气，也不会再给我糖了。

我突然觉得好害怕。

自从外公把宝箱给我后，我就没怎么再和他说过话。

“外公。”

我喊了声睡着的外公，突然有种想哭的感觉。

“外公，我要把宝箱打开了哦。”

在眼泪掉下来前，我把钥匙插进宝箱。

咔嚓一声，我微微感觉到锁开了。

我打开宝箱的盖子。

“啊！”

宝箱里放着的是包装盒上写有“适用年龄十岁以上”字样的空气枪。

“这个……是那时候的……”

这是八岁时，我缠着爸爸让他给我买的，被外公说我年纪还太小不能玩的那把空气枪。这是我开始讨厌外公的契机。

我一直以为空气枪已经被外公扔了。原来他没有把枪丢掉，而是收了起来。

包装盒上放着一张对折的小纸片。我将纸片打开。

上面用颤抖而难看的笔迹写着：

小历，十岁生日快乐。不能拿枪对着别人哦。

屋外的尤诺“汪”地叫了一声。

幕 间

我就是通过这件事第一次认识到了平行世界的存在。顺带一提，和我预想的不同，尤诺在那之后又活了两年，没有遭遇事故，寿终正寝了。

现在回想起来，我感觉似乎在这一时期，平行世界的存在开始迅速地被世间所认知。公开宣布“平行世界的存在已被证实”的是日本的虚质科学研究所。没错，就是我父亲工作的研究机构。

发表的内容如下：

这个世界存在着许多平行世界，人们在日常生活中会无意识地往来于平行世界之间。移动方式并非物理意义上的肉体移动，而是和平行世界的自己进行意识的互换。在这一过程中时间并不会变动。

越是相近的平行世界，和原本的世界差异越小。举个极端的例子，相邻世界间可能只是早餐吃了米饭还是面包这样细微的区别而已。

此外，平行世界间越是相近，无意识间穿行的频率就越高，移动的时间也越短。这就是人们意识不到自己穿行于平行世界间的原因。因此，“收好的东西不见了”“在同样的地方发现了先前找不到的东西”“记错约好的时间”等记忆错误、错觉和健忘现象才会发生。

研究认为，在极少数情况下，人们也可能会移动到遥远的平行世界。遥远的世界和原本的世界差异巨大，移动到那些世界的人们会觉得自己仿佛来到了异世界。

我们将这种移动于平行世界间的现象命名为“平行转移”。

第一次发表的内容大概就是这样。

理所当然的，这一发表起先被学术界一笑置之。但在发表者——虚质科学研究所所长佐藤絃子陆续展示出具体论文和实验结果后，平行转移引发了空前的热议。

世界各地的学者和研究机构团结一致，试图证实或推翻这一理论。结果只用了三年，全世界的研究机构就一致同意了平行世界的存在，虚质科学也成为一门专业的学问。

在我快满十五岁的时候，能够测定 IP 的机器开始试制，当时各行各业的有识之士作为测试员使用了该装置，也就是后来的“IEPP 计数器”。

现如今，人们在出生的时候必须强制佩戴便携式终端机，上面装载的就是 IEPP 计数器。只要将出生时的世界设为 0 世界，这种软件就能通过持续测量 IP，使佩戴者得知自己相对处于哪一个世界。由于这个发明，平行世界开始被人们所熟知。

话虽如此，在我十五岁时，很多人还只把平行世界当作虚构的概念。就算在那些知道虚质科学的人当中，也有很大一部分不承认平行世界的存在，而将其当作一种超自然现象。

十五岁。

在这个世界正为该如何与平行世界共处而动荡不已的时候，我个人的世界中也发生了一件能左右人生的大事。这件事还是和平行世界有所关联。

不过……这次的情况相当特殊。

第二章
少年期

我从来没有为了考试而学习过。

这话从自己嘴里说出来似乎不太好，但比起周围的人，我好像有些……不，是非常聪明。

我不需要预习和复习就能理解课上的内容，读小学的时候总是考满分。上了初中、高中后，考满分的次数变少了，但即便如此，我也很少拿到低于九十分的成绩。

初中时代，我觉得自己无所不能，自高自大，在心中暗自把周围的同学们都当作傻瓜看待，真可谓是年少轻狂。

当然，我也付出了与之对等的代价。“我和你们不一样”这种傲慢的想法，即便我自认为隐藏得很好，似乎还是会流露出来。所以，说得直白些，我在读初中的时候一个朋友也没有。不知道是我当真觉得无所谓，还是一直在心中骗自己说无所谓，总之我就这样自作自受，开始被其他人所孤立。

不过，我似乎天生是个耐不住寂寞的人。在初中临近毕业的时候，我对自己的学生生活感到非常后悔。比如，在休息时间，我会装作专心读书的样子，竖起耳朵倾听周围同学们的对话。他们开心地聊着毕业前要做些什么纪念一下，或是毕业典礼后要一起去唱卡拉 OK 之类的事。

当然不会有人来邀请我。我表现出一副“不要把我牵扯进这种无聊的事里”的样子，心中却羡慕得不得了。

终于到了毕业典礼的日子。大家纷纷交换毕业相册，在最后的空白页写下给彼此的留言。

我连正眼也没看他们一眼，独自回到家中，落寞地看着空白的最后一页，做了一个决定。

上高中后，我要交朋友。

我考上的高中是全县最难考的重点学校，至少和我同班的同学没有一个考上的。也就是说，我能够以没有人认识我的状态开始全新的高中生活。同学们的学习能力应该也和我差不多。这次我不会把其他同学当作笨蛋，一定要像个正常学生一样，和其他人建立友谊。

入学考试在毕业典礼结束四天后举行。虽说是全县最难考的学校，但只要认真备考，我就有信心能在所有科目上取得满分。不过，要是真的全考了满分，可能会因此和其他人产生隔阂，再次被孤立，所以我完全没有备考。我有信心即便不备考也能及格，而且实际上我确实及格了。

高中开学典礼一周前的一天，我考上的那所高中联系了我。

他们希望我在开学典礼上担任新生代表。

我问他们为什么选我，答案很简单，尽管我是裸考，却还是考取了第一名的成绩。

因为不是强制的，所以我谢绝了这件事。我心想，要是当了新生代表，考全校第一名的事就会被知道，可能对交友产生不好的影响。此时的我认真地认为自己之所以在初中交不到朋友，就是因为成绩太好了。

学校尊重了我的意愿。我摆出一副若无其事的样子参加了开学典礼。作为新生代表上台致辞的是一个戴着眼镜的女生。我后来才听说，她是考了第二名的学生，在我谢绝之后，校方联系了她。

在这时谢绝了担任新生代表这件事，对我的人生产生了巨大的影响。

在某个平行世界中，一定存在着一个同意担任新生代表的我。

那个世界的我，过得幸福吗？

我有时会没来由地对此感到好奇。

○ ○ ○

上了高中要交朋友。我这卑微的奢望，不到一个月就以失败告终了。

起先我非常努力，积极地和其他同学搭话，同时尽量避免过于张扬的举动。

但就算上了高中，成绩还是成了我交友路上的阻碍。

因为我上的是全县最好的重点学校，高一是按成绩分班的。我被分到了成绩最好的 A 班，班上的氛围比起玩乐更加重视学习，对于很多学生来说，考高分就是他们的心灵依靠。我一开始心想，早知道会这样，我就再多放点水，到差一点的班级去了。

A 班的学生全是那种在闲暇时间去上补习班学习的人，如果我不知好歹地约他们出去玩，感觉会被他们视为异端，所以一直没能开口。我看着这群只知道学习的同学，不由得在心里想道：尽管如此，他们的成绩还是比不上我这个完全不学习的人啊……

一旦萌生出这种想法就回不了头了。和上初中时一样，我在心里把同学们都当成了傻瓜。我无心和他们比拼成绩，定期考试时故意考得很差。97 分、89 分、83 分、79 分、73 分……但就连这样的分数都能名列前茅，真让人感到索然无味。

自然，我是不可能交到朋友的。虽说班上的氛围是学习第一，但不知何时，同学们还是组成了一个个小团体，我又被孤立在外了。

于是，我和初中时一样，成了那个在休息时间只能一个人看书的同学。就在那个夏天的某天放学后……

故事突然开篇了。

○ ○ ○

“阿历。”

一开始我没意识到这是在叫我。

这也是理所当然的。上高中后，我上学、放学时总是一个人，如果有什么学校的事要通知我，对方喊的也一定是我的姓“高崎”。在放学后，一个和我关系并不亲密，也没有事要找我的女生，突然不加称呼地喊出了我的名字。这本该是不可能发生在我高中生活中的事。

所以我判断那个词是和我没有任何关系的闲聊的一部分，拿起书包，打算走出教室。

“等一下。”

那个女生这么说着，抓住了我的手腕。这下我没办法当作没听见，惊讶不已地转过头。

“阿历，你为什么无视我啊？”

我不懂她是什么意思。

抓着我的手腕，用冰冷的目光瞪着我的，是我的同班同学……泷川和音吗？她戴着眼镜，长长的黑发扎成一条马尾。即便在成绩优秀的A班中，她也总能名列首位。同时，她也是担任了被我拒绝的新生代表的那个学生。

她是我的同班同学，但我从来没和她说过话，没有因为班级事务合作过，也没被她喊过名字。更何况她喊的不是姓而是名，还没加称呼。

我不明白到底发生了什么，只是愣愣地看着她的脸。我当时的表情看起来一定很呆。她皱起眉头问道：

“你这是什么表情？难不成你还记着上次那件事？我已经不生你的气了。”

我不明白。我完全不明白这是什么意思。我记着上次那件事？你在生什么气？我的脑袋里堆满了问号。

“算了，我们回家吧。如果你还想道歉，我会听的。”

这么说完，泷川同学握住我的手，打算走出教室。虽然和女孩子牵着手，但我一点都不开心，反倒越发害怕起来。

“那个，泷川同学？”

我没有胆量甩开她的手，只能小心翼翼地朝着她的背影开口。听见我的声音，泷川同学停下脚步，回过头。

"你为什么这么叫我？就算要吵架，我也不喜欢你用这种方式。"

"吵架？我不想和你吵架……那，我该怎么喊你才好？"

"你在生气吗？"

行不通啊。根本是牛头不对马嘴。她该不会是读书读过头，神经衰弱了吧？

我和泷川同学谜一样的对话，引起了留在教室中的同学们的注目。虽然我已经不打算交朋友了，但我也不想因为坏事而引人注目。

"总之，先把手放开。"

出乎意料地，泷川同学很干脆地放开了我的手。她的手心和表情相反，非常温暖。手放开的瞬间，我感到有些不舍，但现在不是在意这种事的时候。

"泷川同学，你怎么了？"

"我还想问你呢。阿历，你今天好奇怪。我最近确实觉得我们有些合不来，但这种作风也太不像你了。"

泷川同学话说到一半，好像意识到了什么，睁大了眼睛。

接着她看了眼戴在左手腕上的手表，倒吸一口凉气，抬起头。她张开嘴，欲言又止，最后还是陷入了沉默。

“对不起。”

在沉默了大约五秒后，泷川同学留下这么一句话，走出了教室。

同学们向我投来好奇的目光。看来大家并不是只关心学习而已。不过这种事现在也无所谓了。

我走出教室，走廊上已经没有了泷川同学的身影。

○ ○ ○

孤傲的才女。我认为这个称呼很适合她。

泷川和音。她的黑发绑成了一条及腰长的马尾辫，高度数眼镜后那双细长的眼睛，对他人投以拒绝的目光。在这三个月的高中生活中，在班上，她从未将成绩第一的位置让给其他人，我也从没见她和其他同学一起玩过。

泷川同学昨天那怪异的举动到底是怎么回事？

回家后我思来想去，还是不记得在什么时候和泷川同学说过话。何止如此，在同一个教室里共处了三个月，我们可能连眼神都从未交汇过。自然，我们也不是那种能直呼名字的关系，更别说什么吵架了。

我想过她可能是认错人了，但她确确实实喊了“阿历”。这么想来，昨天泷川同学喊的人确实是我。

我偷瞄了一眼坐在教室左前方的泷川同学。我的位置差不多在教室的正中央，也就是说，我是从斜后方看着她。泷川同学坐得笔直，看着黑板，眯起眼睛认真听讲。仔细一看，我发现泷川同学几乎不做笔记。她偶尔会写些什么，但基本上从来不记板书。和我一样。

下课后有十分钟的休息时间。我一边做着下一节课的准备，一边偷瞄泷川同学，然而泷川同学却根本不看向我这边。看着她散发出让人难以接近的气场，利用课间的短暂时间阅读文库本的样子，我感觉昨天发生的事仿佛像是在做梦一样。

同学们时不时将视线投向我和泷川同学。他们一定很好奇我们之间的关系吧。之所以没有人直接来问，是因为我没有朋友。要是交了朋友，现在一定已经受到各种逼问了吧。我得庆幸我没有朋友，这真是太讽刺了。不过，最好奇两人关系的，其实还是我啊。

只考虑可能性的话，我其实并不是毫无头绪。

于是我今天一整天都在鬼鬼祟祟地观察泷川同学中度过了。然而无论是休息时间还是放学后，泷川同学都没有看我一眼。我本想在她回家前和她搭话，但最后还是只能目送她的背影离开教室。

如果我的猜想是正确的，那我其实不必太在意这件事……这么想着，我打开出入口处的鞋柜，发现我的鞋子上放着一张对折的字条。

这是什么？我当场打开字条浏览了内容。

那是泷川同学写给我的信。

○ ○ ○

“欢迎光临！请问您是一位吗？”

“啊，不是，我的朋友应该已经先到了。”

“请问您的朋友叫什么名字？”

“泷川。”

“泷川……没错，人已经到了。请到 301 包厢。电梯在那边。”

我按店员说的坐上电梯，按下升上三楼的按钮。

这里是一家离车站有十五分钟路程的卡拉OK厅。因为离车站比较远，价格也高，所以很少有学生来这里。听妈妈说，这里的包厢很干净，食物味道也不错，所以很受大人们的喜爱。

我来到三楼，找到了301包厢的门。

我将手放在门把手上，深吸一口气，然后鼓起勇气推开了门。

然而，包厢里却一个人也没有。

椅子上放着一个书包，所以她人应该已经到了。可能是去上厕所了吧。我总觉得有些失望。怎么办？要坐下等她吗？还是先出去……

“高崎同学？”

“啊！”

我被突然从背后传来的声音吓得脚软，一头跌进包厢里。

“你没事吧？”

泷川同学俯视着我，用听起来不是很担忧的声音说道。她的手上拿着装有饮料的玻璃杯。

“我……我没事。”

“我去拿饮料了。饮料是免费的，你也去拿一杯吧。杯子去那里拿就行。”

我按她说的去拿饮料。我往杯中放了三颗冰块，倒入姜汁汽水。在走回包厢的短暂路程中，我再次在心中告诉自己要冷静。

咦，说起来，刚才泷川同学管我叫“高崎同学”。不，这本身没什么奇怪的，但她昨天是用“阿历”称呼我的。

总之，今天是泷川同学特地约我出来的，而且来的还是个几乎没有学生会来的地方。她应该会向我解释些什么吧。

我感觉事情应该就是我想的那样。

带着些许不安和期待，我再次推开包厢门。

泷川同学和上课时一样笔直地坐着，用吸管喝着红茶一类的饮料。我在她对面坐下，喝了一口姜汁汽水。好尴尬。该由我先开口吗？不，我觉得应该是泷川同学先开口才对。她肯定不只是为了唱卡拉 OK 而约我出来的。然而泷川同学沉默不语。音响中传出的低音量流行歌曲勉强撑着场面。

歌曲结束，屋里变得静悄悄的。

“昨天真是对不起。”

泷川同学低下头，表情毫无变化。

“啊，不，那个……没关系。”

“你吓了一跳吧？”

“嗯，那个，到底是怎么回事？”

泷川同学没有直接回答这个问题，而是让我看看她戴在手腕上的手表。

“你知道这是什么吗？”

“手表，不是吗？”

我在如此回答的时候，其实已经猜到那是什么东西了。

小小的液晶屏幕中显示着数字。如果是手表，显示的应该是两个两位数，但液晶屏幕中显示的是一个三位数。

“这不是手表，而是 IP 终端机。你听说过吗？”

啊，果然，和我想的一样。

IP 终端机是从数年前开始迅速发展的“虚质科学”的成果之一。将某个世界设为 0 世界，就能通过查看变动的数值得知自己现在身处离 0 世界多远的平行世界。现在终端机仍处于试制阶段，没有在市面上流通，只有少数相关研究人员和他们的家人作为测试员佩戴着。我虽然没有，但爸爸曾经把他的给我看过。泷川同学的终端机和爸爸的一模一样。

“嗯，算是知道。”

"是吗？那你也知道这个数字是什么意思，对吧？"

泷川同学指向那个三位数。数值是085。也就是说……

"昨天的泷川同学，是从IP85的平行世界转移来的。"

"没错。现在也是这样。我昨天没注意到这件事，以为自己还在0世界，像平时一样和你搭话了。"

"你的意思是，在你的0世界里，你会直呼我的名字吗？"

应该就是这样。究竟在那个世界里，我和泷川同学之间发生了什么？

"我所认识的阿历自称'俺'。IP相差85的世界，变化果然很大啊。"

考上高中的时候，我决定今后用"俺"自称。起先，在我还想努力交朋友的时候，我会有意识地用"俺"自称，但结果还是和之前一样被孤立，所以后来又改用"仆"自称了。①

也许IP85的我成功交到了朋友？他开始用"俺"

① 日文中的"俺"和"仆"都是男性常用的第一人称代词，"仆"较为礼貌、谦虚一些。在本书中阿历的自称为"仆"。下文中如非特殊情况，两者均译作"我"。

自称，朋友们都直接用名字喊他？

“那个，在你的0世界里，我和你是朋友吗？”

听到我的问题，泷川同学眉头微皱。她的表情变化很难读懂，但我感觉她有些不高兴了。

泷川同学避开我的视线，小声说道：

“我们算是恋人吧。”

“……”

刚才泷川同学说了什么？

对于“我和你是朋友吗？”这个问题，她的回答是“恋人”。

恋人？恋人是什么意思来着……

“啊？恋人，是……我，和你？那个，恋人的意思就是说，呃……男朋友和女朋友的意思？”

陷入混乱的我问道。泷川同学瞪着我，细长的眼睛眯得更细了。乍一看凶神恶煞的，但仔细一看，我发现她的耳朵变得通红，瞬间就不觉得害怕了。

“感觉好怪啊。你和我认识的阿历完全不同。”

“这我也没办法啊，那个我是怎样的一个人？”

“他更有男子气概。”

我虽然不觉得自己很有男子气概，但如此直白地从别人嘴里说出这话，我还是觉得有些受伤。

“你刚才也说了，IP 相差 85 的世界，性格不同是很正常的。你想啊，我和你，那个……成了那种关系，我觉得在这个世界中这根本是不可能的。”

“那在这个世界我们是什么关系？”

“连话都没说过。昨天是你第一次和我搭话。”

“你肯定吓了一跳吧？”

“差点吓死我了。你不是戴着 IP 终端机吗，为什么不好好确认一下？”

“我没想到会转移到 IP85 的世界啊。我经常转移到 IP1 或 IP2 的世界，但和原本的世界也没多大差别，所以我平时也不怎么看终端机。”

泷川同学说的我也不是不能理解。

最近几年虚质科学的发展日新月异，电视和网络上连续好几天都能看到有关虚质科学新发现或新学说的报道。因此，现在就连一般成人和学生都对平行世界的基本概念有所了解。

这个世界有着无数的平行世界。这些世界呈重叠状态，摇摆不定。因此，据说所有人都会在日常生活中来往于 IP 相差 1 或 2 的平行世界。不过，相近的平行世界和原本的世界几乎没有区别，所以人们才意识不到自己移动到了平行世界。

假设在0世界中，我把橡皮放在了桌子最上层的抽屉中。

之后我想要用橡皮，打开抽屉，却怎么也找不到。

咦，好奇怪，我记得我是放在这里的啊。我心里这么想着，打开第二个抽屉，发现橡皮被放在了里面。

虽然觉得奇怪，但我还是拿起橡皮用了起来……

这其实是因为我在收好橡皮后移动到了邻近的平行世界。在那个世界里，我把橡皮收在了第二个抽屉里。

这种在平行世界间的移动被称为“平行转移”。现在学界认为，错觉、健忘的原因有很大一部分就是来自平行转移。

这种程度的转移并不会影响到日常生活，但如果转移到了遥远的平行世界，就会产生巨大的记忆偏差，让人感觉仿佛穿越到了异世界。不过，这类远距离平行转移发生的概率极低，大多数人终其一生都难以切身感受到平行世界的存在。

不知是幸运还是不幸，我曾在过去体验过一次远距离平行转移。在外公死的时候，我移动到了外公还活着的世界。那次转移，我在第二天就平安回到了原本的世界。我当时去了距离多远的世界呢。

因为有过那次经历，我立刻就相信了泷川同学的话。

“总之，你想说的我明白了。希望你能平安回去。”

“嗯。”

沉默。

泷川同学再次将嘴唇贴在吸管上，我也一口气喝光了姜汁汽水。我喜欢这种冰块融化后，碳酸变弱的感觉。

然而，直到杯子空了，泷川同学都没有再开口。

说实话，我有一件事很想要问她。

说白了，就是IP85的我，到底是由于什么原因，怎样成为泷川同学的男朋友的。

泷川同学虽然漂亮，但总给人一种冷漠又阴沉的印象。但在她刚才红着耳朵说出“恋人”的时候，我不禁觉得她还挺可爱的。我毕竟也是个健康的男高中生，听说在其他世界中我和泷川同学交往了，就会心想我或许也有机会。

不过，我还没有大胆到能问出那种问题。

“那，我先走了。”

我拿起书包，站起身。我已经明白泷川同学昨天举止怪异的原因了，她也向我道歉了，那么这件事到这里就算结束了。泷川同学一定很快就会回到自己的世界，我和她的关系也会恢复到原本的状态。这件事只不过是场小小的意外。

我将手放在门把手上，准备开门。

“等等。”

身后传来微弱的声音。

那声音和我转动门把手的声音重合在了一起。说实话，其实门把手转动时的沉重声音要大得多。

泷川同学一定是想表达“你当作没听见也没关系”的意思吧。我停下了手，没有开门。

我说实话吧。

我并不希望这场意外就这么结束。

“怎么了？”

我慢慢回过头。泷川同学低着头，没有看我，嘴里咬着吸管，玻璃杯中早已空无一物。

“你也算是高崎历，对吧？”

什么叫“算是”？对我来说，我就是高崎历啊。

“嗯，我是高崎历。”

“那你应该明白阿历心里在想些什么吧？”

“如果是我自己心里想的事，我是明白的。”

“你是高崎历吧？”

“嗯，这个……算是吧。”

结果我自己也把“算是”二字说出了口。真是难为情。

“那你告诉我吧。我搞不清楚阿历心里在想些什么。再这么下去，可能过不了多久就会分手。”

真是个奇妙的问题。

平行世界的我的恋人和平行世界的我相处得不太好，该怎么办？

这种事我该怎么提建议？这个世界的我连女朋友都没交过。

“最近我们经常闹矛盾，有时感觉像是在吵架一样……”

“那个，等等，先等一下。”

说来有些难为情，不过我曾在网上读到过一篇恋爱指南。绝对不是我刻意去搜索的，只不过是偶然间看见，不小心点到，因为非常闲所以才勉强看了看。那上面写着，在女孩子说话时绝对不能插嘴。但眼下这种情况，我应该没必要在意这点吧。毕竟我和她正在交往啊。

“怎么了？”

“不是，我就是想确认一件事。你是泷川和音，对吧？”

“是啊。”

“读高一？”

“对。”

“在我的世界，现在是七月，距离高中开学过去了三个月。[①] 你的世界呢？”

“完全一样。平行转移时间是不会变动的，你不知道吗？”

“我知道。也许在你的世界里，我们两个读的是同一所小学或初中？”

“不是。”

“那就是说，我们是上了高中才认识的？”

“对。”

想确认的事全部确认完毕了。然而，我完全无法理解我得出的结论。不，我能理解，但接受不了。不想接受。因为这意味着……

① 在日本，新学年一般从四月开始。

“我们刚认识三个月，就成了恋人，而且最近感情不太顺，可能会分手？”

“准确说是两个月。我们是五月开始交往的。”

泷川同学理所当然地回答道。作为高中生，这样的恋爱方式是正确的吗？还是说只是我的想法有问题？

“那个，我能问问吗，我们为什么会交往？”

问出口了。在这种情况下问这个问题感觉很自然，而且 IP85 的平行世界远得像是个异世界，让我觉得问了也无所谓。

“我不知道这个世界的情况是怎样的，但在我的世界里，刚入学时为了加深感情，全班同学一起去唱了卡拉 OK。”

“啊？我们班吗？”

“嗯。”

“怎么可能？！”

“当然不是所有人都去了，不过也去了半个班左右。我也去了，阿历也去了。不过，天色晚了，有人就开始喝酒了。我不想被牵扯进麻烦事里，就自己一个人偷偷溜了出来。”

她没有制止那个同学，也没有和他一起喝。这也许是最聪明的应对方式。

“结果，我一个人在回家路上经过闹市区时，被奇怪的人缠上了。”

“奇怪的人？”

“穿得脏兮兮的，戴着一副深色太阳眼镜。他好像是在向我推销什么东西，但我没怎么听懂。他一直缠着我，我无视了他，结果他突然抓住我的手腕，想把我拉进小巷里。”

“你一定很害怕吧？”

这种乡下地方也有这样的危险人物啊。我不知不觉中感觉像是在看新闻节目似的，事不关己地听着泷川同学的故事，随声附和。

“当时救了我的就是阿历。”

“嗯？”

我一瞬间没理解“阿历”这两个字是什么意思。

“我刚想大声喊，他就抢先一步冲进小巷里。他一脚踢飞那个怪人，抓着我的手跑了起来。我们一路跑到人多的拱廊街，才总算松了口气。我那时才注意到那个人是阿历。我问他为什么会在那里，他说是因为注意到我从卡拉OK厅溜了出来，觉得天色晚了，路上危险，所以跟在我身后打算送我回家。

他笑着对我说，真是跟对了。”

“他，是谁？”

“高崎历。”

“骗人的吧？”

就算 IP85 的世界再怎么远，我也绝对不可能变成那种帅气的男人。要是真有这种可能性，那现在的我岂不是过于凄惨了？所以这是骗人的，请告诉我这是骗人的。

“是真的。”

你倒是说是骗人的啊！

“当时是四月末，然后五月初我就表白了。我对他说：‘请和我交往。’”

“你表白了？”

“嗯。”

“向谁？”

“阿历。”

我明白了。这已经不是平行世界了，是异世界，不，是异次元了。

“阿历二话不说就答应了。但是……”

忽然，泷川同学的声音变得有些低落。她刚才还高兴地诉说着恋人的光辉事迹，现在却突然变得表情忧郁起来。

对了，我想起来了。邂逅的情节如同电视剧一般的这两个人，现在感情进展并不顺利。为什么？肯定是因为高崎历这个男人开始露出真面目了吧。他救下泷川同学只是出于偶然，一旦开始交往，窝囊的本性就逐渐显露了出来。一定是这样没错。这才是高崎历。我感到非常悲哀。

“最近，你们感情不太顺利？为什么这么说？”

我既想知道答案，又不想知道答案。但我如果不问就聊不下去。

“阿历和其他女孩子玩在一起了。我问他为什么，他说，谈恋爱之后就不能和朋友一起玩，这样没道理。”

这是我不想听到的答案。那男人到底是谁？

“我说，那至少不能和女孩子单独出去玩，但阿历说这不是出轨。阿历是在把我们交往的事告诉那个女孩之后才和她一起玩的，而且他也把两人一起玩的事告诉了我。真是莫名其妙！要是他瞒着我不说，我反倒还能理解。”

嗯，确实莫名其妙。

“我说，你是高崎历吧？”

“是呀。”

“告诉我，阿历到底在想什么？”

我也想知道。

我现在能依靠的只有我偶然在网上看见，不小心点到，因为非常闲所以勉强看了看的《恋爱指南·女性篇：外遇是男人的本事》了。

“那个……怎么说呢，不管再怎么喜欢吃咖喱，如果每天都吃咖喱的话也会腻……偶尔也会想吃点别的……但最喜欢的还是咖喱，所以最后肯定会回归咖喱的。怎么说呢，学会等待和包容，才是女性的本事吧。”

“平庸。”

她冰冷的目光用力地扎在我身上。我心想，这个人果然是泷川同学。正如我难以相信那个世界的阿历和我是同一个人，我看着眼前这个为恋爱而苦恼的女孩，也怀疑她是否真的是泷川和音。

“不过，说到底，就是这么一回事吧。”

“啊？”

“咖喱，每天吃也会腻的。”

“哦，那个……我感觉和男性朋友是一样的吧。”

“嗯？”

我无法想象异次元的我在想些什么。但我毕竟也是高崎历。既然如此，我感觉自己必须稍微安慰一下泷川同学才行。

“那个……我听完你说的，感觉你所在的世界的我，大概是那种就算没有女朋友，也会和女孩子一起玩的人，就像和男性朋友一起玩一样。泷川同学之外的女生，在他心里应该就只有这样的地位吧。你是他的女朋友，所以，那个，他会想和你一起做很多事，但他对其他女孩子完全没有这种想法，所以反而能轻松地玩在一起。大概是这样吧。”

我绞尽脑汁也只能做到这种程度的安慰。

“高崎同学，你是这样的吗？”

我不可能告诉她，我一个朋友也没有。

“嗯，我大概算是这样的吧。”

“是吗？”

有个词叫“善意的谎言”，不过我也不知道撒的这个谎到底有没有效果。

泷川同学将视线从我身上移开，陷入沉默。不过，我感觉她看着空玻璃杯的表情，似乎稍微变得明朗了一些。

我也一言不发地坐着。这种时候，如果音响够识相的话，应该要播首情歌，但实际上播的却是一首演歌[①]。一个不认识的大叔用沙哑的嗓音唱着“今朝有酒今朝醉”。真是羡慕大人们啊。

“如果你想回家，可以先走。”

是泷川同学的声音。不知道为什么，我还想多陪她一会儿。但我抛开这种想法，站起了身。可不能误会了。这女孩并不是我的女朋友。

泷川同学喜欢的高崎历不是我。

“那我先回去了。”

“对了，钱你不用付，我付就行。”

“可以吗？”

“我家里很有钱，父母给了我很多零花钱。”

“那些是这个世界的泷川同学的钱吧。还是不要乱花比较好。”

“嗯，对哦，确实是这样。”

泷川同学睁大了眼睛，似乎意识到了自己的错误。真可爱！还是别这么想比较好吧，会进一步加深误会的。

“你打算怎么办？”

---

① 演歌：一种日本传统歌曲的类别。

“我稍微唱几首歌再走。”

“哦，你原来会唱卡拉 OK 啊。”

“你说什么呢？我们不是一起唱过好几首……”

话说到一半，泷川同学不知为何一脸歉意地低下了头。我心想：你不必露出这种表情啊。只要能意识到你和我是不同世界的人，你就能安心回到自己的世界。

“高崎同学，你要唱歌吗？”

“不了，我回去了，拜拜。”

我再次转动沉重的门把手。

“谢谢你，高崎同学。”

我的脚步短暂地停下了。

“也许我们之后不会再见面了，所以我觉得还是得好好向你道谢。我现在心里舒服多了，谢谢你。”

我一言不发地打开门，走出包厢，关上门。我感觉这应该是我人生中最帅气的一幕了吧。

○ ○ ○

在我拼尽全力耍了一把帅，和泷川同学道别后的第二天，我和泷川同学，再次在卡拉 OK 包厢中相对而坐。

上课的时候我偷瞄了泷川同学，但还是分不清那究竟是这个世界的泷川同学，还是IP85的泷川同学。我虽然很在意她是否回到了原本的世界，但我终究还是没那个胆子向她搭话。就在我准备放学回家，打开鞋柜时，发现里面又放着泷川同学的信。

虽然是第二次了，但我还是很紧张。我用自助的饮料润了润喉咙，先简单打了个招呼。

“那个，你好。”

“你好。”

她的反应好像很平淡。她究竟是哪个泷川同学？是这个世界的泷川同学，还是IP85的泷川同学？既然她用同样的方法约我出来，那应该是后者吧。

“你是另一个世界的泷川同学，没错吧？”

“对。”

“你还是没能回去啊。”

“毕竟平行转移的难度和世界之间的距离是成正比的。IP差了85，一两天之内是回不去的吧。”

她仿佛一开始就知道会这样，这让我感到有些疑惑。

“你早就知道了？”

“是啊，怎么了？”

“那你昨天对我说不会再见面了，是什么意思？”

“我说的应该是‘也许’不会再见面了吧？”

“确实是。”

“希望你别介意。可能不会再见面是真的。我也是第一次经历这种事，不知道要多久才能回去。不过，我确实觉得短时间内回不去了。”

她的每一句话都在理。被她这么一说，我也觉得无所谓了。说实话，能再次见面，我感到有些高兴。

“可是，你为什么又把我约出来？”

“因为在这个世界，能和我一起玩的只有高崎同学你了。”

这话让我有些吃惊。

“一起玩？不是要聊平行世界的事吗？”

“你想聊平行世界？高崎同学，你了解虚质科学吗？”

不怕告诉你，我的爸爸可是虚质科学研究所里的大人物呢。他偶尔会和我讲一些虚质科学的事，和普通高中生相比，我应该算是比较了解的。

"嗯，稍微有些了解。"

我故作谦虚的坏毛病又犯了。不过要是平时，我应该会说"不是太了解"。之所以说"稍微有些了解"，是因为我认为以泷川同学的聪明程度，用这个说法更合适。

"有些？那现在开始虚质科学测试。"

突然就开始了。

"第一题，IP 终端机的 IP 是什么的缩写？"

"嗯……Imaginary Print。"

"对了一半，少了 Element。第二题，虚质空间被比喻为什么？"

"海？"

"正确。第三题，虚质科学界的领军人物，那位女教授叫什么名字？"

"嗯……这我不知道。"

"正确答案是佐藤絃子。第四题……"

接下来她一直在给我出有关虚质科学的问题。我的知识量似乎让她赞赏有加，问题变得越来越冷门，作为答题者的我也乐在其中。

最后我还是先走了，但这次我没有像昨天那样耍帅了。想到反正还会再见面，耍帅也只会让我难堪而已。

虽说不知道她何时才能回到原本的世界，但从结论上来说，那之后又过了大约一周，泷川同学还是IP85的泷川同学。

起先我们很乐观地认为她迟早会回到原本的世界。泷川同学每天都约我去卡拉OK厅，和我聊平行世界与虚质科学。

从她担任IP终端机测试员这件事上，我就隐约有所察觉，后来得知她的父亲果然是一名虚质科学研究者。问了才知道，原来是和爸爸在同一个研究所。我们分享着从各自的父亲那里听来的浅显知识，就平行世界进行种种探讨，我感到非常开心。没想到有一天能和同学聊这种话题。

聊着聊着，我意识到泷川同学真的是个很聪明的人，不光是成绩好而已。我说话时有个坏毛病，会下意识地省略掉自己理解的部分，所以总是被别人说“你说话时得多解释一下”。我还是第一次遇见能和我用同样的节奏正常对话的同学。

我和泷川同学间的距离进一步缩小的重要表现，还是称呼的改变。

接下来这段我们在讨论平行世界时进行的对话，

就是我改变对泷川同学称呼的原因。

“原来如此。也就是说，另一个世界的泷川同学……”

“停。”

“啊？”

“听你一直说‘另一个世界的泷川同学’，烦死了。”

泷川同学直白地说道。

我也不是因为喜欢才用这种方式称呼她的。但既然要聊平行世界，区分不同世界的人物就非常重要。要是两者都用“泷川同学”指代就会产生混乱。

“那怎么办？用 IP 数值称呼吗？”

“那样我更讨厌。单纯用姓和名来区分就行了吧？”

“啊？”

“在这个世界的是高崎同学和泷川同学。在我的世界的是阿历与和音。我觉得这样符合实际的叫法，很好懂。”

“我可以叫你和音吗？”

“可以啊，没关系。”

因此，我便开始用“阿历”称呼 IP85 的我，用“和音”称呼 IP85 的泷川同学。相对地，和音称呼我为“高崎同学”，这个世界的泷川同学则保持原样称为“泷川同学”。直呼同年级女生的名字，怎么说呢，不知怎么的，让我觉得很难为情。

我们并非总是在聊严肃的话题，偶尔也会唱唱卡拉 OK。泷川同学……不，和音的唱功出乎意料地好。她毫不留情地批评不怎么会唱歌的我，还给我提建议。而我也毫不顾忌地回嘴，不知不觉间，我跟和音已经打成了一片。

某天，得意忘形的我一不做二不休地问出了这种问题：

“那我问你，你能和不是阿历的我交往吗？”

当时的上下文我记不太清楚了。我记得大概是谈到了如果她再也回不到原来的世界该怎么办之类的话题。我当时只是在开玩笑，绝不希望她当真，因此在说话时很努力地摆出一副若无其事的态度。也不知道我的努力是否奏效了，大概是白费工夫吧。和音的表情瞬间变得认真起来。

“说实话，我并不喜欢你这样的男生。”

“对吧？所以……”

我早就知道了，我是在知道的前提下问你这个问题的。我摆出一副这样的态度，立刻把话接了下去。一旦露出受伤的表情就输了。

不过，和音还是技高一筹。

“但是，我很喜欢阿历。虽然这里是 IP 相差 85 的遥远世界，但我喜欢上高崎同学的可能性或许也是存在的。你有这个意愿的话，就好好加油吧。”

她这一番话说得我哑口无言。

她的意思是，如果对象不是和音而是泷川同学的话，我是有机会的？

然而，这时我突然意识到。

这么说来，我虽然与和音聊了这么多，但和泷川同学仍然是一句话也没说过。

不是和音的泷川同学究竟是个怎样的女孩子呢？

○ ○ ○

周末过去，周一到来。

我以为这下她肯定已经回到原本的世界去了，没想到和音还是和音。

“今天是第几天来着？”

“正好一周了。”

我们在同一家卡拉 OK 厅相对而坐，汇报现状。尽管最初我们乐观地认为和音很快就能回去，但现在开始感到不安了。

“我旁敲侧击地问了这个世界的爸爸有关远距离转移的事。”

“他怎么说？”

“他说这种情况非常罕见，目前也没有明确的临床案例，详细情况他也不清楚。”

“是吗？”

“他告诉了我一个还没公开发表的假说。据说随着年纪增长，转移到遥远世界的可能性会随之增加。学界认为这有可能是导致老年痴呆症的原因。不过，就算这是真的……”

“和音你还是高中生，应该不是这个原因吧。”

“希望如此。”

说到底，我们还是完全不知道该怎么办。

“我有个想法。要不你把一切都告诉你爸爸，让研究所的人给你诊断一下？”

除了我，和音目前为止还没把自己远距离转移的事告诉其他人。不过，她是 IP 终端机的测试员，我认为她是有义务立刻报告这一情况的。

“我考虑过把那作为最终方法。不过，要是说出来一定会被当成小白鼠的。可以的话，我希望能在不被除你之外的其他人知道的情况下自然地回去。”

既然她都这么说了，我也不能再多说什么。我明白她不想成为实验动物的心情，而且听见她说出“除你之外的其他人”，我觉得还挺高兴的。

“今天回家后，我会问问我爸爸。他好像在研究所里地位还挺高的，说不定知道什么新的情报。”

“拜托你了。我现在非常需要线索。”

那天我们两人都没心情唱卡拉OK，在忧郁的氛围中告别了。回家之后，我马上给爸爸打了电话。上班和假期都不定时的爸爸是否会接电话完全要看运气，看样子我那天运气还不错。

“喂？”

“爸爸，是我，阿历。”

“哦，怎么了？”

跟爸爸说话没必要客套。我开门见山地问道：

“我有个问题，人能自愿移动到特定的世界吗？”

在涉及平行世界的无数作品中，这样的方法可以说是必然存在的。困难的，需要用到大型设备；简单的，只需要在黑暗中闭眼祈祷。移动的方法不尽相同，但既然存在平行世界，那这样的方法应该也存在。哪怕只有一种办法，或许那种办法就能让和音回去。

而我，对于那种办法是什么略微有些头绪。

大约五年前，在我转移到外公没死的世界时，我移动到了虚质科学研究所中一个谜一样的舱体里。

现在想想，那应该就是能把人移动到平行世界的装置吧？

因为当时的事我对爸爸保密了，所以现在没办法逼问他。但如果我猜得没错，他应该会告诉我一些信息。

然而，爸爸的回答却模棱两可。

“理论上来说是可能的。实际上，我们研究所现在也在研究这个。不过目前距离实现这种技术还差得远呢。想要自由转移，应该至少还得过个十年。”

十年！就算我们再怎么有耐心也等不了这么久。不过听爸爸这么回答，我心想，那个舱体果然就是移动装置。

第二天，我走在上学路上，想要赶快将自愿转移在理论上是可能的这件事告诉和音。在前往学校的途中，我偶然看见了和音的背影。我环视四周，所幸周围没有其他同学的身影。我跑到她身后，低声对她说：

“和音，早上好。”

听见我的声音，和音猛地转过头，然后怯生生地后退了几步。

见她这个反应我就明白了。

和音……不，泷川同学慌张地看了眼戴在手腕上的 IP 终端机。我虽然看不见屏幕，但上面显示的大概是 000 或 001 这样很小的数字吧。至少肯定不是 085。

和音她回到原本的世界了啊。

泷川同学一声不吭地朝学校方向跑去。

在移动到平行世界时，原本世界的自己会和另一个世界的自己互换。换句话说，泷川同学这一周都是和 IP 85 的阿历一起度过的。

泷川同学和阿历说了些什么？

还有，她现在是怎样看待我的？

我还没成熟到能什么也不问，让一切就这样结束。

○ ○ ○

三天后，我在同一家卡拉 OK 厅等待泷川同学。

虽然我当下就想和她谈谈，但想到邀约的人是泷川同学而不是和音，我总鼓不起勇气，光是把信放进鞋柜，就花了我三天时间。在纸上写字并放进鞋柜这种行为对心脏的负担比我想象中还要大。要是能用社交媒体联系泷川同学，我就没必要这样提心吊胆了。早知道就问和音要联系方式了。不，她们两人的 ID 应该不一样吧。

她究竟会不会来？我小口地喝着姜汁汽水，等待泷川同学到来。我眼前放着一个空玻璃杯。我告诉店员之后还有一个人会来，要是她不来那可就丢脸了。这里的店员应该已经记得我们两人的脸了，一定会认为我被她甩了。

不过，仔细想想，如果是女人把男人约到包厢里，男人还能轻松赴约，但情况相反的话，就没那么简单了吧？

就在我这么想着的时候，隔音门的把手发出沉重的响声，转动了起来。

“……”

“你好，泷川同学。”

“有什么事吗？”

泷川同学目光冰冷，说的是敬语。这就是我

的世界的泷川和音吗？和我想象中完全一样。我总是把她与和音当成同一个人，完全抹不掉那种不协调感。

“先坐吧。哎，这里的饮料是自助的，你要去拿点什么吗？”

“不必了，我不喝。”

泷川同学站在门口，虽然关上了门，却没有合上隔音用的把手，显然对我有所戒备。是和另一个世界的阿历相处得不太愉快吗？她总不可能没和阿历接触吧。

装模作样也无济于事。我开门见山地问道：

“不久前，你移动到了IP85的世界，在那里待了大约一周，对吧？”

“对。”

“你在那个世界遇到我了吗？”

“对。”

“是吗？”

出乎意料地，她非常干脆地承认了。好了，接下来该问什么？我是个怎样的人？这个问法是不是太蠢了？啊，话说回来，没有朋友的我居然能如此从容地和泷川同学说话啊。这或许要感谢和音。

“那个……”

“嗯？”

我带着想要逃避现实的想法陷入了深思，没想到这下泷川同学主动开了口。

“你，遇见那个世界的我了吗？”

泷川同学避开我的视线，犹豫不决地问道。她果然也感到好奇。这是理所当然的。她也许从阿历口中听说了和音的性格，和我有了同样的想法。

“嗯。我们每天都在这里，聊很多事。”

“很多事？”

“平行世界的事，虚质科学的事。也单纯地唱过卡拉OK，以及……我们还聊了阿历与和音最近感情不太顺的事。”

“和音？”

“啊，对……对不起。她觉得我每次都叫她‘另一个世界的泷川同学’很烦，所以让我叫她和音就行。要是你感到不愉快，那我就不这么叫了。”

“不，没关系。”

泷川同学轻轻叹了口气，总算在我面前坐了下来，不过还是没将把手合上。

“那个……她，是怎样一个人？”

“啊？”

“那个……就是和音，她……”

泷川同学还是不愿意看我的眼睛。不过，她心里一定和我想着同一件事。

虽然我也很好奇泷川同学和阿历聊了些什么，但还是由我先开口吧。

“和音她，简单来说，就是……”

和音的样子、声音和话语清晰地浮现在我的脑海中。我们才认识一周，而且两个人共同度过的时间只有短短每天一小时，但这段记忆对我来说却无比珍贵。

啊？难道说，我对和音……

“她很聪明，性格格外开朗，偶尔会使坏……还有，她谈恋爱了。”

“恋爱？”

泷川同学的头垂得更低了。在那刘海之下，镜片之后，究竟是怎样的眼神？她在想些什么？

比起这个世界的泷川同学，我和 IP85 的和音的关系要近得多。

不过，我的世界中只有泷川同学，没有和音。

“那个……”

我决定说出来。

“我接下来要说的话，绝对不是因为在另一个世界，我们两人是那种关系……”

我感觉自己的心提到了嗓子眼。这种紧张和写邀约信、把信放进鞋柜时有着天壤之别。我明明就是为了说这个才把泷川同学叫出来的啊。

泷川同学一言不发，低着头，等着我说下去。然而我总是鼓不起最后那点勇气。我果然没办法成为阿历。

这时，我忽然想起和音说过的话。

“你有这个意愿的话，就好好加油吧。”

是啊。加油。加油啊，我。

然后，我硬着头皮把那句话说出了口。

“那个……你……你能和我……做朋友吗？”

说了。

说出来了。

我开始浑身冒汗。脸突然变得好烫。说喜欢什么的还太早，更别提交往了。先从朋友当起……没想到光是说出这件事，我的心跳就已经变得这么快了。

泷川同学是怎么想的？我偷瞄了她一眼，只见她依然低着头，根本看不清她的表情。

“朋友。”

泷川同学还是低着头，轻声重复了这个词。

果然还是不行吗？像我这样的人，她连朋友都不愿意当吗？和音明明说过，如果是 IP 相差 85 的世界，还是有可能的。不行了。我受不了这样的紧张感。我看着沉默不语的泷川同学，觉得自己快要哭出来了。

“哈哈……”

她的脑袋和肩膀开始微微颤抖。

“哈哈……我憋不住了，哈哈……”

泷川同学张大了嘴，开始哈哈大笑。

“高……高崎同学，在这种情况下，当朋友？居然是当朋友？”

“什……什么？”

我完全无法理解发生了什么。就连和音，我都没见她这样放声大笑过。难道说泷川同学其实是这种性格的人？

“泷川同学？”

“啊哈，啊哈哈……你看，这个。”

泷川同学依然笑着，让我看她戴在手腕上的 IP

终端机，液晶屏上显示出的数字是——085！

“啊？和……和音？！”

看见我理解数字含义后那副惊讶的表情，泷川同学又开始大笑。不，不对，和音，她是和音！三天前的早上，她装出一副回到了原本世界的样子，把我给骗了！

“你……你居然骗我？我以为你终于回到了原本的世界，还为你感到开心呢！”

在我以为你一句话也没留下就离开了的时候，你知道我有多落寞吗？不过，这话太难为情了，我是不会说出口的。

“我……我说啊，你怎么过了三天才来找我？难道说，你烦恼了三天才终于把‘和我当朋友’这几个字说出口？”

她说的完全正确，我无以反驳。

“啊哈，啊哈哈……我受不了了，笑死我了……肚子好痛……”

和音捧着肚子，伸手拿起我的玻璃杯，将里头所剩无几的姜汁汽水一口气喝光。要是平时我可能会因为间接接吻什么的而感到兴奋，但现在我无暇顾及这种事。我抢过杯子，把里面剩下的冰块咬碎。

脸颊的温度稍微降低了一些。

我感觉自己的头脑一片混乱。总之，为了不让她发现我的慌乱（虽然多半是无用功），我故作平静地开口说道：

“原来你还没回到原本的世界啊。这还真是让人担心啊。”

“啊……你听我说，高崎同学。你看，你看这个。”

和音再次将IP终端机展示给我看。骗到了我，她就这么开心吗？

“知道了啦。我被你骗到了。整人大成功，这样行了吗？”

“我不是这个意思。”

还没完全收起笑容的和音将手伸向液晶显示屏。

然后。

她用手指撕下了显示出085的那个画面。

“这是数字贴纸。看起来就像真的一样吧？”

“啊？”

贴纸被撕掉后，真正显示在画面上的数字是000。

我的大脑一片空白。莫名其妙。冷静下来想想，答案其实非常简单，但我的大脑却完全理解不了这一切。

“我们第一次在这里说话的时候，高崎同学，你问我为什么不好好确认终端机的数字。你还记得我是怎么回答的吗？”

“移动到 IP1 或 IP2 的世界是常有的事，没什么太大的区别，所以你平时不怎么看终端机。”

她应该是这么说的。

“我说，这台终端机可是机构借给测试员使用的哦，每天确认数字并报告是测试员的义务，我怎么可能会忘记这种事？”

“也就是说……”

“也就是说……”

这时，和音用我见过最得意的表情，向我说明了真相。

“我从一开始就没去过什么平行世界。我一直是这个世界的泷川和音。IP85 的和音根本不存在。”

果然，是这样啊。答案就是这么简单。

用阿历喊我。看着终端机大吃一惊。和另一个世界的阿历是恋人。两人最近感情不顺利。

一切的一切都是假的。全都是和音演出来的。

但是，为什么？我不明白为什么。

“你为什么要这么做？”

我勉强把这句话问出了口。因为大脑过于混乱，我甚至都不觉得生气。和音如果一直是我所在世界的泷川同学，那她此前的确一次也没和我说过话。既然如此，为什么要对我做出这种事？

面对我的提问，和音嘴角的笑容消失了。她只回答了我一个词。

“报复。”

“报复？”

“没错。我被你骗了，所以我要报复你。”

“你在说什么？我一点都听不懂。”

我发誓，我真的一点头绪都没有。我虽然是个没用的人，但我一次都没有欺骗过别人。我是当真这么认为的，所以和音接下来说的那个词，我没能马上理解。

“新生代表。”

“嗯？”

“你拒绝了，对吧？”

“啊？你怎么会知……”

“开学典礼前，学校打来电话要我当新生代表时，我高兴极了。我以第一名的成绩考进了全县最难考的高中。我还向父母炫耀了，他们一个劲儿地夸我。我怀着骄傲的心情担任了新生代表。”

啊！

我终于明白了。

“我在开学典礼后才知道不是这么一回事。我偶然在办公室听老师说，考第一名的那个人拒绝当新生代表，还好我答应了。于是，我态度坚决地对老师说，我有权利知道是谁考了第一名。最后问出来的名字，就是你。”

是这样啊。原来是这么一回事。

“你知道我有多不甘心、多丢脸吗？那时起我就发誓，绝对要在定期考试中超越你。然而，不知道出于什么原因，你故意考了低分。”

“你注意到了。”

“97 分、89 分、83 分、79 分、73 分……全都是质数，太明显了。”

“下次我会换个规律的。”

“总之，你甚至不给我一个机会，让我正大光明地打败你。所以我心想，要彻底骗到你，然后嘲笑你。”

“你真是个怪人。”

“我常被人这么说。”

听她这么说完，我也确实能够理解她的心情了。

原以为自己凭实力当上了新生代表，没想到其实是因为第一名拒绝才轮到自己。既然如此，那就用成绩打败他，却没想到那个第一名居然玩起了考质数的游戏。

嗯，我确实也有错。

不过，名叫泷川和音的这个女孩，纯粹为了报复我，就设计出这般异想天开的恶作剧，在大约十天时间里，用不输女演员的精湛演技将我彻底欺骗。

没错。

我果然还是……

“和音。”

“怎么了？”

“和‘仆’，不，和‘俺’交往吧。”

和音微微一笑。

“不行。”

“……”

“我喜欢的阿历是个更有男子气概的人。他在我被坏人拉进小巷时，会赶到我身边，把坏人踢飞，将我救出困境。”

“……”

“所以，高崎同学，你不行。”

○ ○ ○

就这样。

我人生中第一次表白，华丽地以失败告终。

这就是我，高崎历，和泷川和音，不，和我深爱的妻子——高崎和音相遇的故事。

幕 间

与和音相遇后，我的人生慢慢开始有了改变。

首先，我开始认真学习了。定期考试自不必说，就连每周进行的小测也不例外。至今为止第一名一直是泷川和音，但我将她从宝座上挤了下来。虽然有过两人同样考满分，不分上下的情况，但直到高中毕业，我一次都没有输给过和音。

和音似乎是个为了制胜不择手段的人，竟然跑来向我请教。她在下课后会立刻找我确认课上的疑问点，发卷日的午休时间，我也被迫与她促膝长谈，分析错题。虽然被夺走了阅读的时间，但我有个致命缺点，就是无法很好地向其他人解释自己理解的事，所以这也不失为一种练习。

而且，不管怎样，能与和音说上话，我还是很开心的。虽然被拒绝了，但我还是一直喜欢着她。

好了，有趣的是接下来发生的事。我与和音在休息时间进行的学习会，在同班同学们看来似乎是“排在前两名的同学携手合作，努力提高成绩”。不久，平时安于第三名及以下成绩的分数至上主义者们就放下了自尊心，提出想要加入我们的学习会。

学习会的规模越来越大，我所在的A班的平均成绩直线上升。如此一来，原本放不下自尊心的同学们也坚持不住了，加入了学习会，学习会的规模继续扩大，平均分继续提高。

虽说大家都是分数至上主义者，但我们毕竟还是高中生，见到大家齐心协力之下收获的成果，还是会觉得高兴。不知不觉间，A班的氛围已经变得非常和睦。就像和音编造出来的那个世界一样，考试结束后，有空的同学会一起去唱卡拉OK，我能够称为朋友的人也变多了。

毕竟我们还是高中生，总不可能一直讨论有关学习的话题，有些人开始聊起了娱乐和恋爱的事。于是理所当然，我被问了这样的问题：

“你到底和泷川同学是什么关系？”

和音在学校基本上保持着沉默寡言、不近人情的“泷川同学”的形象。和同年级学生说话时也会使用敬语，从不进行必要程度以上的接触。但她唯独在对待我时态度没有那么拘谨，我也是班上唯一一个不加敬语直呼她名字的人。也难怪会传出流言蜚语。

这下我就为难了。就算被这么问了，我也不可能把那件事告诉他们。不，说实话，我其实是不想说而已。我想把那件事当作我们两人间的美好回忆珍藏起来。

无奈之下，我只好把自己表白被拒这件事告诉了大家。

大家似乎对此感到非常震惊。

于是从那之后，直到毕业的两年时间里，虽然因为课程选择，很多同学被分到了其他班级，但我还是在原来班级同学们的全面协助下，在各种情境下对和音进行了合计五次的表白，五次均以失败告终。对于毕业典礼上的那次表白我还是抱有些许期待的，但她还是像平常一样微笑着，冷漠地用“不行”回应了我。

然后，我与和音成了大学生。

○ ○ ○

九州大学理科院虚质科学系。

这是世界上第一所设立虚质科学系的大学。

九州的虚质科学研究被认为是全世界最先进的。说到底，提出与物质相对的“虚质”这一概念，创立虚质科学这门学科的，就是九州大学理科院物理系一位名为佐藤絃子的女大学生。这位女学生在研究生期间前往德国留学，回到日本后以最短的时间当上了教授，在家乡设立了虚质科学研究所，并证实了自己的学说。我的父亲与和音的父亲是佐藤教授的同学，都是这个研究所的研究员。

研究在大约十年后，也就是我大约十岁的时候有了成果。佐藤教授再次远赴德国，在学术会议上发表讲话，称已通过虚质科学证实了平行世界的存在。这次讲话引发了空前的热论，世界各地的学者和研究机构团结一致，试图证实或推翻这一理论。结果只用了三年，全世界的研究机构就一致同意了平行世界的存在，虚质科学也成为一门专业的学问。

次年，九州大学正式成立理科院虚质科学系。以佐藤教授为首的虚质科学研究所的所员们被聘为兼职讲师，传授最前沿的知识。

我与和音为了学习虚质科学，考进了虚质科学系。我们不费吹灰之力获得了两个推荐名额，通过面试，离开家乡大分，来到福冈分别开始了独居生活。当时我尝试了第六次表白，提出要一起住，但被和音以“想要体验独居生活”为由拒绝了。这世界上真的存在被同一个女人拒绝了六次的男人吗？

不过到了这个时候，我已经抱着破罐子破摔的心态，心想在和音交到男朋友前，要孜孜不倦地对她表白。

然而，在大一那年入夏的时候，某个休息日，突然来我家玩的和音，在闲聊时投下了一颗威力巨大的炸弹。

“啊，对了，高崎同学，我有件事想拜托你。”

“嗯？什么事？”

我以为她是想和我借钱，开始模糊地回忆起自己钱包里还有多少钱。

“能和我交往吗？”

好的，先冷静一下。

嗯，没问题。我不会再被骗了。她说的交往不是那个交往，肯定是和平时一样，有什么事要我陪她一起去办。[1]

“可以啊，是要我帮你提东西吗？”

我说这句话时，带着九成的真心，和一成的期待。

“不，我不是那个意思。你能当我的男朋友吗？”

嗯，没问题。我不会再被骗了。她说的男朋友不是那个男朋友，只是个同音词。也就是……

她到底在说些什么？

我陷入巨大的混乱。在和音身上到底发生了什么事？又是在整我吗？我首先感到的不是开心，而是疑惑。我没有同意，而是皱起眉头。

“为什么？”

作为对女性表白的回应，这几乎可以算是最糟糕的回答，但又有谁能责怪我呢？

不过，和音的回答比这还要更过分。

“上了大学后，被搭讪的频率高了不少，我都快烦死了，所以想着要不就找个男朋友吧。于是我想，那就找高崎同学你吧。”

事情的经过大概就是这样。

有谁能理解我当时的心情？因为单相思终于修

① 在日语中，“交往”一词也有“陪同”的意思。

成正果而感到的喜悦，因为和音过于残酷的话语而感到的愤怒。如果可以的话，我真想看看这两种感情交织在一起时我脸上的表情。

总之，我没有立刻回应她，甚至觉得先拒绝她一次好像也挺有趣的。

不过……

看到和音在强硬地表白之后垂下脑袋，挪开视线的样子，还有她发丝间通红的耳朵时，我不禁觉得，她真可爱。

我原谅了她所做的一切。

就这样，我从“高崎同学”变为了“阿历”。

○ ○ ○

几年来，我同和音分分合合，度过了总体上来说十分充实的大学生活。

大学四年里，我与和音一直保持着优异的成绩，学校也鼓励我们进入研究生院深造。不过，我们对硕士和博士学位并不感兴趣，而且比起再花上两年或五年拓宽人脉，我们更想早点进入一线做研究。于是，我们在以第一名、第二名的成绩毕业后回到了大分。我们的实力和热情得到认可，进入了虚质科学研究所工作。

此时，在世界范围内 IP 终端机已经处于实用化前夕，研究机构开始广泛募集一般测试员。我在上大学之后也开始佩戴 IP 终端机，切身体会到自己在日常生活中不断穿行于平行世界间的事实。

当我发现收好的东西不见时，往往只要看一眼终端机，就会发现自己移动到了 IP1～IP3 的平行世界。这种平行世界间的移动，也就是平行转移，对一般人来说，已经逐渐成为理所当然的常识。

自然，也有很多人仍旧无法接受这一原本只出现在虚构作品中的概念。但世界无情地抛下了这一批人，不断变化着。接受了这一变革的人，或是那些努力去接受这一变革的人，缓慢而切实地踏入了一个新的世界。

于是。

在这个新世界中，人们理所当然地面临着一个巨大的难题。

平行世界的自己，究竟是自己吗?

你

第三章
青年期

我

订婚戒指的价格应是月收入的三倍。据说这是20世纪70年代某家珠宝店为了高价贩卖商品而创作的宣传语。

当时成年人的人均月收入大概是十万元。订婚戒指的市场价，也就是这个数值乘以三,三十万元左右。现如今，收入水平提高了不少，以现在的月收入为基准，要价三个月工资的戒指会显得十分昂贵。不过，与人们的工资不同，珠宝价格并没有怎么上涨。简单来说，现在的说法就是，买订婚戒指不需要看月收入，只要买三十万元左右的就行。

如果我的收入够高，或许可以毅然决然地购买昂贵的戒指，但遗憾的是研究所的工资并不算高。

我工作了三年，虽然工资多少涨了一些，但花钱还是没办法太过挥霍。

所以，我决定按照行情，买三十万元的戒指。

出于谨慎起见，我在钱包里放了五十万元的现金（我讨厌刷卡），人生第一次走进了珠宝店。

展示柜中摆放着闪亮炫目的珠宝。虽然觉得很美，但要问我是否愿意花好几十万元买下，我其实根本不愿意。不过，毕竟是订婚戒指，该买的还是得买。

“您有什么需要吗？”

一位年纪和我相仿的女性店员笑盈盈地迎了上来。我不喜欢在店员的引导下买东西，但我完全不了解订婚戒指的选购基准。我决定先观察一下这个店员的为人，判断她是否值得信赖。

“那个，我在找订婚戒指。”

“哎呀，恭喜您了！请问女朋友今年多大了？”

“二十五岁。”

“两位交往多长时间了？”

“已经……七年了吧。”

“这样啊，交往了很长一段时间呢。真不错呀，真羡慕您的女朋友。我也想早点收到订婚戒指呢。”

店员这么说着，露出羞涩的笑容，看上去还挺纯真可爱的。因此，我决定相信这位店员，让她替我挑选。我太单纯了吗？或许这些套路都写在了接客指南上，但反正我也没觉得不舒服，就这样吧。

“那个，我完全不知道该选怎样的戒指。”

“这个呀，首先呢，订婚戒指分为成品、半定制、全定制三种。成品最便宜，送到您手上的时间也最快。然后是半定制，您可以在好几种设计和材质中自由选择、组合。交货大概需要一个月的时间。最后一种是全定制，可以按照您的期望，打造出一枚世界上独一无二的戒指。不过，全定制戒指交货需要二到三个月的时间，价格也最高。”

我不知道定制居然这么花时间。怎么办？虽然我不急着求婚，但如果得等上好几个月，我怕我的心脏会承受不住。说实话，我一开始完全没考虑过定制这个选项。

“订婚戒指买成品是不是真的不太好？”

“不，不会的。来我们店里选购订婚戒指的客人，我想想，大概有一半最后都选择了成品的戒指呢。”

“啊，是这样吗？那就买成品吧。我也想马上拿到戒指。”

“好的。冒昧问一句，您的预算是多少？”

“大概三十万元。稍微超出一些也没关系。”

“我明白了。您记得女朋友的生日吗？”

“生日？我记得是……三月二十五日。”

“三月，那就是海蓝宝石呢。”

“这是什么意思？”

“大多数客人选购订婚戒指时都会选钻戒，但也有客人会按生辰来选。三月份的生辰石是海蓝宝石……就是这种。”

店员向我展示的宝石，是一颗像冲绳的大海一样晶莹的淡蓝色宝石，跟和音给人的印象完全相符。

“不同的宝石有不同的象征意义，比如钻石代表的就是‘纯粹’‘清纯’‘欢喜’，还有‘永远的结合’‘爱的承诺’。这就是钻戒被选为订婚戒指的原因。”

“原来如此，那海蓝宝石呢？”

“海蓝宝石代表‘勇敢’‘聪明’‘沉着’，此外还有‘婚姻幸福’‘夫妻和睦’之类的含义，也是非常适合作为订婚戒指的。”

嗯，挺好的啊。勇敢、聪明、沉着，正如和音一样。我非常中意这个海蓝宝石。

“那我就买海蓝宝石的戒指吧。”

“海蓝宝石是吗？非常感谢。我去把商品目录拿来，请您坐下稍等片刻。店里没有的商品也可以调货。”

我目送店员步履轻盈地离开。我轻轻坐在椅子上，长叹了一口气。我都还没把戒指交给和音，光是买戒指就已经让我累得不行。

不过话说回来，店员小姐在介绍宝石的时候，眼睛都在发光。果然，女孩子就算是为别人挑选宝石，也会感到开心啊。

那和音喜欢宝石吗？仔细一想，我平时几乎没见和音戴过首饰，也没打耳洞。发饰倒是用过。

她看到这枚戒指会开心吗？会收下吗？

一想到把戒指交给和音时的场景，我就紧张得胸口发闷。

在求婚时该说些什么呢？

○ ○ ○

收到戒指的几天后，我下定决心，把和音约了出来。

地点选在了那个卡拉 OK 厅。一般来说，这并不是一个适合求婚的场所。但我觉得，要向和音求婚的话，肯定得选在这里。因为我就是在这个地方爱上她的。

非常奇妙地，和初次见面时一样，我拿的饮料是姜汁汽水，和音拿了红茶。和音操作着点歌器，问我第一首歌要唱什么。我二话不说，把戒指盒放在她面前，打开盖子，毫无铺垫地说道：

“我们结婚吧。”

光是说出这句话就耗尽了我全部的力气。

我其实想过很多主意。我唱着学生时代流行的歌曲，装作不经意间提及当年，然后对她说：“那之后虽然发生了很多事，但结果我们还是走到了一起，走到了今天。今后我也想一直和你一起走下去。”我反复在脑海中想象着这样的情景。

但等见到了和音，摸着口袋里的戒指，我就放弃了。

我的大脑一片空白，什么都想不起来。回过神来时，我已经取出了戒指，说出了过于直接的求婚词。

和音睁大眼睛，惊讶地张着嘴，表情傻得不像她。

至今为止，我好几次在和音生日时为她准备了惊喜，但每次都被她识破，受到了她的嘲笑。这次应该是真的吓到她了。我终于如愿以偿地看到了和音惊讶的表情，但我现在无暇考虑这种事。

和音看着我。我用认真的眼神回望她。现在可不能笑。不能移开视线。我满怀爱意地凝视着和音。

和音低下头，拿起小小的盒子。她看着盒中那枚嵌着浅蓝色宝石的戒指，轻轻开口说：

“这是海蓝宝石？”

“嗯。”

和音一直以来好像对宝石和首饰都没什么兴趣，但她光是看了一眼就明白了宝石的种类，果然还是有些兴趣的。她似乎有些陶醉地望着戒指，眼角有些湿润。我希望这不光是她对宝石的兴趣使然。

和音凝视着戒指，一言不发。我不会催促她回答。我们都一起走到了今天，共度了这么长的时光，我相信她不会拒绝我。不过，见她一直沉默着，我还是感到了些许不安。

“这个……”

和音突然将戒指盒递给我。

“能帮我戴上吗？”

“好。”

我从和音手上接过盒子，取出戒指。

我握住和音的左手，将戒指靠近她的无名指。

她修长的指尖微微颤抖。我偷瞄了一眼她的脸，表情并没有太大的变化，但耳朵已经变得通红。她总是这样。撒谎说在平行世界和我是恋人的时候，向我表白的时候，初吻的时候，她都会这样故作镇定，耳朵却已经变得通红。

海蓝色的戒指分毫不差地戴在了和音的手指上。

“大小正好。我告诉过你手指的尺寸吗？”

“我趁你睡着时偷偷量的。”

趁和音睡得正香，把线缠在她的手指上，还不能吵醒她，这种体验还是相当刺激的。多亏这次冒险，我才能像这样顺利准备好戒指。

和音爱惜地用手指抚摸着戴在手上的海蓝宝石戒指。

或许已经不必多问了，但我还是想听她亲口回答。

“和音。”

“嗯。”

听见我喊她的名字，和音开心地对我微笑。

"今后，请多关照。"

她这么说完，深深低下了头。

○ ○ ○

因为双方父母早已承认我与和音的关系，所以在听说我们要结婚时，也只做出了类似"终于要结啦"这样的反应。不过麻烦的是，我与和音的家庭条件都比较优裕，所以差点被父母逼着办一场阔气的婚宴。我与和音都不喜欢热闹，所以我们好不容易说服双方父母，准备办一场由我们两人主导，只邀请自家人前来参加的小型婚礼。婚礼的日期选在了一个黄道吉日——我们觉得还是不能随便忽视这方面的传统。

之后，我们订好了婚礼会场，距离婚礼还有半年。在开始研究各种细节步骤时，我们面临了那个问题，不，准确来说，是"再次面临"。

这是一个在平行世界的存在得到广泛认知后，每一个人在各种情境下都会面临的问题。

我第一次强烈意识到这个问题，是在大二的时候。

为了庆祝出生较晚的和音满二十岁，我们举行了第一次酒会。[1]地点在我当时独居的房子里，参加者只有我与和音两人。

“生日快乐。”

“谢谢。”

和音吹灭小小的圆形蛋糕上的蜡烛。屋里变得一片漆黑。

我打开灯，开了一瓶比较贵的香槟。“砰”的一声弹飞的软木塞和溢出的酒泡，都是对和音的祝福。

我们两人吃着蛋糕和自己做的菜，第一次“正式”喝酒。我们两人都是独居，手机也已经关了，今晚没人能打扰我们。

虽然已经交往，但还未有过身体关系的恋人来家里过夜，还喝了酒。不知道这能否算是理所当然，但我那天是想着要让两人的关系更进一步的。

我觉得和音也是一开始就有这个打算。她稍微喝了点酒，就装出醉了的样子，红着耳朵，毫不抵抗我轻推她的手，乖乖地躺倒在床上。

都没有经验的我们先是笨拙地把手握在一起。

① 在日本需要年满二十岁才能饮酒。

我拼命抑制着焦灼的心情，在脱掉和音的衣服前，先吻了她的脸颊和脖子。

接着，在我亲吻她的左手心时，那个东西出现在了我的视野中。

和音左手腕上戴着的 IP 终端机。

那个数值不知什么时候变成了 001。

平行转移。

也就是说，现在我眼前的和音，其实是相邻的平行世界的和音。

明白了这点的瞬间，我的大脑变得一片空白，醉意和性欲都彻底消失了。然后，我第一次意识到了这个问题。

这个世界有着无数的平行世界，人们在日常生活中会无意识地移动于平行世界之间。越是遥远的世界，移动的可能性就越低，但如果是 IP 相差 1 ~ 3 的邻近世界，几乎和原本的世界没有什么差异，人们常会在无意识间不知不觉地移动到平行世界，又不知不觉地回到原本的世界。简单来说，这次的情况就是和音在某个时间点转移到了相邻的平行世界。

越是相近的平行世界，之间的差异就越小。相邻世界中的我与和音，今天也像这样，怀着同样的心情拥抱在一起。

但即便如此，我真的可以继续拥抱这个和音吗？

现在我眼前的这个和音，是我的恋人和音吗？

“怎么了？”

和音用手抚摸着我突然僵住的脸。

我一言不发地让和音看了她的 IP 终端机。

“啊……”

和音也意识到了——自己原来是相邻世界的人。

“那你呢？”

听和音这么问，我看了眼自己的 IP 终端机。数值是 000。我没有转移。

“原来如此。确实，这还挺让人头疼的。”

和音和我一样僵住了一阵子，然后彻底恢复到了原本的样子。她叹着气，从床上坐起来。我也无心继续了。我坐到她身边，和她一样叹了口气。

“他们那边的状况应该也差不多吧。”

“是吧。喝酒庆祝二十岁生日，结果却变成这样。我完全没意识到是在什么时候转移的。在我看来，你的房间也没有任何区别。”

“偏偏是在这种时候。”

“我总觉得应该和你说声对不起，但这也不是我的错。”

“我知道。没事，今后还有机会。继续喝吗？”

“喝吧。”

我与和音从床上移动到桌前，开始喝剩下的酒。我听说第一次做爱可能会失败，已经做好了心理准备，但没想到会是以这种形式的失败告终。

那之后我们也没喝醉。两人进行着试探性的对话，最后还是聊到了平行世界上。

“在短短十年前，平行世界还只是个虚构的概念呢。”

“虽然相关研究在更早之前就已经开始了，但确实是从那时起开始为大众所认知的。”

“也就是说，在那之前，就算发生了这样的事，人们也察觉不到，浑然不知地和相邻世界的恋人上床吗？”

“这样的事肯定发生过吧。要是没有 IP 终端机，我们也……说起来，如果我们一开始就把衣服脱掉、取下终端机，应该就不会注意到了吧？”

“这么想想还挺可怕的。”

“嗯。不过，其实 IP 只差了 1，几乎可以看作是同一个人吧。”

“你认为你和平行世界的自己是同一个人吗？”

“我基本上是这么认为的，不过，在距离 100 或 200 的世界里，我也有可能是个杀人狂。如果是这种情况，我还是不想认为我们是同一个人。”

“但那也一样是平行世界啊！界限在哪里呢？”

“照理来说，这样的界限应该是不存在的吧。”

“也就是说，无论差别有多大，平行世界的自己全都是自己？”

“按道理来说的话，是这样。”

“那你为什么不和我上床？”

为什么？答案很简单。

“因为我没办法理性思考啊。我的世界的和音，现在也像这样，和你所在世界的我说着话。我觉得我们的心情应该都差不多，讨论的话题也几乎一样。但是，一旦想到平行世界的我与和音上床的样子，我就嫉妒得不得了。”

就算对象是平行世界的自己，我也不愿意去想象我的世界的和音和他上床的样子。如果我和眼前的和音上床了，在相邻世界一定也会发生同样的事。所以我无论如何都没办法继续下去。

“嗯。我明白了。”

和音应该也想象了同样的画面吧。她脸色复杂地喝了一口酒。酒量不好的和音只在最开始喝了一杯香槟，现在正喝着酒精度3度左右的罐装鸡尾酒。

“我们不是看过很多平行世界题材的电影吗？”

她突然改变了话题。不，话题其实没变。不管怎样，我点了点头。

据说在我出生不久前的时代，平行世界题材的作品非常流行，当时有许多这类的漫画、小说、电视剧和电影。在现实世界中创立了虚质科学的佐藤教授也公开表示从这些作品中受到了很大的启发，在自己发现、提出的理论中也会引用这些作品中出现的固有名词。因此，著名的作品我们大致都看了一遍，作为学习的一部分。

“在那些作品中，大多数的主角都会反复经历同一个世界，将未来改变成自己期望的样子，不是吗？我一直觉得，主角这么做，其实是擅自否定了他不喜欢的平行世界。那些世界也是不同的自己所构建出来并生活过的世界啊。”

“因为当时对平行世界的理解有很多种啊。不过，现在人们明白了平行世界实际上是怎样的，就没办法再创作出那样的作品了吧？”

“因为实际上我们是回不到过去的，要是犯了什么错想要弥补，就只能移动到自己没有犯错的遥远的平行世界。”

“这其实就是把自己的错误强行推给了在另一个世界中没有犯错的自己。”

“如果我们继续研究下去，这种情况总有一天会发生的。”

“所以就需要完善法律。现在前辈们也正在努力劝导民众。”

“完善法律啊……比如我在这个世界犯了罪，回到原本的世界后，谁会受到制裁——像这类的情况吧。”

“如果只是相邻世界间的转移，那你几乎必然会在两个世界都犯下同样的罪行。但距离增加到10或20就很难说了。要是距离增加到100或200，你甚至可能会背上完全没有印象的杀人罪。”

“转移到IP100的世界，我觉得这种现象是不可能自然发生的……啊！”

话题越扯越远，和音在聊天时已经完全变回了平常的样子。她看着我，把手伸到桌上，碰到了开封的罐装酒。铝罐落在地上，酒水洒了出来。

“啊，抱歉！”

“没事的。”

我一边笑着，一边用纸巾擦着酒水。和音没有看我，而是不解地歪着脑袋。

“咦，我刚才把酒放在这里了吗？啊……”

和音话说到一半，忽然将视线落在自己的IP终端机上。

“怎么了？”

听我这么问，和音一言不发地让我看了她的终端机。

上面的数字不知何时变成了000。

“啊，欢迎回来。”

“我回来了，果然是一点都察觉不到啊。”

无论是从视觉上，还是从对话的内容上，都判断不出和音是什么时候回来的。她一定是把罐装鸡尾酒放在了和相邻世界的和音略有不同的位置吧。虽然不知道她是什么时候回来的，但她既然没有意识到，就说明对话的内容还是基本相同的。近距离的平行转移经常会在日常生活中引发这样的小事故。

我与和音清理完被打湿的地板，再次面对面坐下。

“我回来了，要继续吗？”

“总觉得，气氛不对了。”

这么说完，我们都露出了苦笑。我们的第一次以失败告终。

那之后过了不到一个月，在第二次尝试中，我们顺利地结合了。当时我们虽然把衣服脱了，但还是戴着终端机。我们在不断确认数值没有改变的情况下，提心吊胆地经历了第一次。

这就是虚质科学给世界带来的一个巨大的难题。

平行世界的自己，和这个世界的自己是同一个人吗？

直到现在，人们还未得出这个问题的答案。

○ ○ ○

我们在举办婚礼前两个月，再度面临了这个问题。

和音躺在我的怀里，半梦半醒地嘀咕道：

“阿历，我们真的能结婚吗？”

“为什么这么问？”

“要是在婚礼那天，我们两人中的一个平行转移了，就这么和平行世界的另一半结婚呢，还是要中止婚礼？”

这也算是一种婚前抑郁吧。我也并非没想过这件事，只不过是觉得想了也没用。我怀着乐观的心态，毫无依据地相信车到山前必有路。现在想想，当时的我真是有些不对劲。难道说，我是刻意在心里告诉自己不要去思考这个问题？

我看着和音纠结的样子，越发感到不安。要是真出了那样的事，我们该怎么办？

烦恼了半天也得不出答案的我，想起了爸爸的研究。

在我与和音以研究员身份就职的虚质科学研究所中，每个部门都分为好几个小组，每个小组的成员都不多，分别进行着不同的研究。

我爸现在正在进行的，就是 IP 固定化的研究。

虚质科学的基础，就是设想出一个与物质空间相对的概念上的空间——虚质空间。那个空间中充满了被称为“虚质元素”的量子，这些量子的变化形成了物质世界中的粒子，其变化的差异创造出了平行世界。

在各个世界中变化的元素所描绘的图案被称为“虚质纹”（Imaginary Element Print），通常称为

"IP"。IP终端机就是能够测定IP，将两个世界间IP的差异数值化的装置。不过终端机实际上测量的是以物质形态显现的粒子的状态，并非直接精准地测定虚质元素。目前仍未能实现对虚质空间的观测，因此只能在物质空间中对其进行模拟观测。

IP固定化就是通过持续观测在虚质空间中呈重叠状态的虚质元素，固定其量子状态，防止其变动的研究。研究如果成功，也许就能在观测过程中防止平行转移现象的发生。目前存在的技术问题，就在于如何观测肉眼观测不到的虚质空间中的元素。这对于爸爸的研究来说也是至关重要的。

如果这项研究成功了，应该就能在婚礼当天固定我与和音的IP，避免我们在婚礼中平行转移。这项研究原本就是为了防止这种情况，以及今后可能会引起问题的"罪犯逃往平行世界"的事态发生。

通常来说，即便是在同一间研究所工作的同事，在得出某种程度的成果之前，研究内容都是保密的。不过，爸爸在和我私下交谈时，不慎把研究内容说漏了嘴。我向他保证过不会对其他人提起这件事，所以连和音也不知道。不过，如果是找爸爸本人商量，应该没问题吧。

因此，在一个休息日，我和爸爸一起来到空无一人的研究所，商量了关于和音的事。

爸爸首先告诉我，IP固定化目前仍未实现，即便实现了，由于未知因素过多，可能引发各种危险，因此短时间内无法在人类身上进行实验。在这样的前提下，他将自己对于平行世界的看法告诉了我。

“阿历，我其实在想，也许应该停止这项研究。”

“啊？为什么？”

没想到一心专注于研究的爸爸会说出这种话。我心想，IP固定化果然是一项相当特殊的研究啊。

“说到底，你觉得平行世界是什么？”

“是什么？是在过去分化出来的另外的世界？”

“没错，在过去分化出来的另外的世界。换句话说，就是可能性实现的世界。”

“可能性……实现的世界？”

“假设，你今天早上烦恼要吃饭团还是面包，如果你在这个世界选择了饭团，那选择了面包的就是平行世界。所谓平行世界，就是在这个世界中没有选择的其他所有可能性的世界。”

我在脑海中想象吃饭团的自己和吃面包的自己。这样的世界存在两个，而自己身处其中的一个。

"那你再想想，IP 的固定化意味着什么？我认为，那其实就是在你烦恼该吃饭团还是面包的时候，从你面前收走面包，强制你选择饭团。"

原来如此。总感觉这样的世界有些无聊，还觉得自己有些吃亏。拥有选择的权利是多么美妙的一件事啊。

"在烦恼之后选择了饭团，和只有饭团这一种选择，从结果上看两者都一样，但在前者的情况下，吃了饭团的自己和吃了面包的自己都会诞生；而在后者的情况下，诞生的只有吃饭团的自己。难道不是这样吗？"

我将爸爸用饭团和面包打的浅显易懂的比方，用最原始的语言重述一遍。浅显易懂虽好，但太没有紧张感了。我认真地说道：

"平行世界是可能性的世界。但 IP 固定化会消除这种可能性，原本会诞生的世界将不再诞生。是这个意思吗？"

"没错。因为自己无论如何都想吃到饭团，就不由分说地把想吃面包的自己杀死。我总觉得，IP 固定化就是这么一回事。"

"我明白你的意思。"

不过，现在的情况并不像吃饭团或吃面包那么简单。结婚可是一辈子一次的大事。如果爸爸说的是对的，那由于这次 IP 固定化而消失的可能性，就是我与和音没有结婚的可能性。这样的可能性就算全消失了我也不在乎。

爸爸听我这么说，思考了一阵子，开口说道：

“我和你妈结婚的时候，世界上还没有 IP 终端机这种东西。”

何止是 IP 终端机，可能连虚质科学这门学问都还不存在吧。在当时，平行世界还完全是个虚构的概念。

“所以，和我举行婚礼的你的妈妈，也有可能是从平行世界来的。就算真是这样，我也毫不后悔。因为我爱她，这点是毫无疑问的。”

爱——爸爸毫不害臊地说出了这个字。奇妙的是，我竟然不觉得奇怪，也不觉得难为情。

“虽然我们已经离婚了，但直到现在我也爱着你妈妈，无论她是否来自平行世界。也就是说，我爱着她所有的可能性。”

“爱着她……所有的可能性？”

“没错。如果能做到这点，就没必要将 IP 固定化，大大方方地结婚就行。”

“我明白你的意思。”

我再次这么说道，然后陷入沉默。

去爱和音所有的可能性，连同平行世界的和音一起。如果能做到这点，那么在婚礼上，就算她的 IP 变动了也没关系，因为平行世界的和音也无疑是我深爱的和音。简单来说，爸爸想告诉我的，就是平行世界的自己，其实和这个世界的自己是同一个人。

我能理解他的想法。现在，我认为自己应该能够爱上平行世界的和音。至今为止我经历过好几次平行转移，无论哪个世界的和音都是和音。

问题在于情况对调的时候。

也就是，我能否接受 0 世界的和音被平行世界的我所爱。

这是个非常自私的烦恼。说简单点，这相当于我可以随便出轨，但轮到和音出轨时，我就觉得无法接受——尽管出轨对象是平行世界的我。

见我一时说不出话，爸爸安静地看着我。但他最终还是忍受不了长久的沉默，给了我一个提议。

“要不试一试？”

“试一试？”

“没错。其实呢，现在由所长主导的团队正在进行的，通过改写目标 IP，主动使其转移到其他平行世界的研究，已经在实验性阶段取得了成果。”

终于成功了！听爸爸这么说，我感到雀跃不已。

在我还是高中生时，为了让（谎称自己）来自遥远平行世界的和音回到原本的世界，我曾向爸爸问过这种事情能否实现。当时他说了类似“理论上是可能的，但距离实现至少还有十年”这样的话。

从那之后过了十年，这项技术真的离实现只差一步了。

“‘选择性转移’技术如果实现了，就能把从遥远平行世界来到这个世界的人送回去。当然，反之亦然。实际上，物质和动物的转移实验已经成功多次，接下来只剩临床试验了。”

临床试验。我大概明白爸爸想说些什么了。

“要进行临床试验需要跨过好几道难关。首先需要得到厚生劳动省临床试验审查委员会的许可。取得许可的大前提，是要给出一份报告，证明实验在伦理方面和安全方面没有问题。实际情况却是本末倒置的：想要证明这些，就必须先进行临床试验。就算能想办法蒙混过关开始实验，那之后委员会也会定期进行审查，很难自由地进行研究。”

不光是科学研究，我听说在任何领域中，临床试验在各种意义上，往往都是一道难以跨越的高墙，跨越这道高墙的手段也不尽相同。

“这话不能明说，但在我们这样的研究机构中，常用的手段是提前用所内的人进行临床试验。”

未经许可的所内临床试验，说白了，就是秘密进行的人体实验。

“当然，研究所会尽最大努力保证实验对象的安全，依据实际审查时的标准，告知实验的概要和危险性，使其知情同意，绝不强制。如果能提前在实验中确认安全性，就能更容易取得正式许可。”

简单来说，爸爸是在邀请我参加通过改写目标IP，主动使其转移至平行世界的“选择性转移”的所内临床试验。

“首次实验会让对象转移到相邻的世界，这是在日常生活中也会转移到的世界。说白了，在相邻世界中，人们所做的事几乎是完全一样的。来到这个世界的实验对象，极有可能在自己的世界中也进行了同样的实验。这么一来解释的工夫也省了，送回原本的世界的过程应该也会很顺利。”

和平行世界的自己在相互同意的前提下交换世界。这项技术如果实现，将会带来巨大的衍生效应。

“当然，这对你来说也是一项工作。转移到了另一个世界后，你也有义务以研究者的身份参与实验。实验如果顺利，你会慢慢开始转移到更远的世界。我们希望通过与各个世界交流知识和技术，使虚质科学，甚至人类文明整体获得飞跃性的发展。”

这项实验能够带来的好处，光是想想就让人头晕目眩。

“然后呢，在这项工作中，自然也会有空闲时间。毕竟我们现在也不是整天关在研究所里做研究。”

“不过这样的日子也不在少数吧。”

“偶尔啦。总之，你通过选择性转移移动到平行世界后，可以在空闲时间确认你能否爱上那个世界的泷川。另外，还能确认泷川能否爱上与你互换来到这个世界的另一个阿历。你还能确认你能否接受另一个自己爱上自己的恋人，或是被自己的恋人所爱……通过这个机会试一试如何？”

这就是爸爸的提议。

我把这个提议告诉和音后，我们决定一起参加实验，以确定自己能否爱上对方的所有可能性，能否接受被对方的所有可能性所爱。

几天后，我们被带到一间未曾踏足过的研究室里。

房间里放着一个大小足够一个人躺下的舱体。这就是能够引发选择性转移现象的磁场产生装置。

“果然……”

我不禁嘀咕道。

毫无疑问，那个舱体就是我在小时候转移到外公还活着的世界时进入过的舱体。当然，舱体并非和当时一模一样，但像这样再次看到它，让我有种奇妙的感慨。

虚质科学界的核心人物，这间研究所的创立者佐藤絃子所长似乎把这个舱体称为“艾茵兹瓦赫的摇篮”，但其他所员只是简单地将其称为“IP 舱”。这种情况在所里还挺常见的：所长引用老作品中的词语命名某样东西，所员则使用另外的名称。

所长亲口向我们说明了实验的概要。

“首先，实验对象进入‘艾茵兹瓦赫的摇篮’。然后通过外部操作，使舱体内产生磁场。磁场将强制改变实验对象粒子的自旋向量，进而改写 IP，引发前往目标 IP 世界的平行转移。原理简单来说就是这样。在确定这种磁场对人体是否有负面影响，以及对象能否从目标世界返回 0 世界等问题后，才能获得正式许可。”

“舱……摇篮只有这一个吗？”

“这种东西想要多造也难啊。你知道造这台机器花了多少钱吗？”

实际金额一定比我想象的还要多好几倍吧。

“那，你们谁先来？”

“我先吧。”

我毫不犹豫地自告奋勇。和音一脸担忧地握住我的手。

为了不让和音担心，我也握紧她的手，露出微笑。

“没事的。我先去探路，你等着我。”

“嗯。”

和音乖乖地点了点头。哎呀，她原来有这么可爱吗？开个玩笑啦。周围的人都知道我们两人间的关系，我们不必遮遮掩掩，非常自在。

于是，我与和音决定轮流进行转移。以参加这次实验为契机，我们正式成了研究团队的一员，不在舱内的一方负责学习操作装置和控制仪表。我们的薪水也涨了一些，这是个意外的惊喜。

又过了几天，我们终于迎来了第一次转移实验。

为了谨慎起见，实验选在深夜进行。因为假如选在白天转移，另一个世界的自己可能正在开车，存在引发事故的隐患。

躺在舱体里的我藏起心中的些许不安，对玻璃罩另一侧的和音露出笑容。和音轻轻点头，来到操作磁场的控制台前。

“5、4、3、2、1，转移开始。”

我听见倒数，闭上了眼睛。

磁场产生的过程只有几秒，转移是一瞬间的事。除了舱体内变得稍微暖和一些，我并未感到任何异样。舱体被人从外面打开了。

舱体外的人和物与刚才完全一样。

“能请你确认一下 IP 吗？”

所长在确认我的身体状况之前，先对我说了这句话。我带着些许紧张，看了眼 IP 终端机上的数值。如果数值是 001，就代表实验成功了。上面显示的数值究竟是多少呢？

“是 001。”

“成功了。相邻世界的高崎历，欢迎来到这个世界。”

就这样，值得纪念的第一次转移实验成功了，实验过程中没有发生任何问题。

那之后的一个月时间里，我与和音反复穿行于平行世界之间。

转移到的地点总是同一个 IP 舱，说明相近世界中的人们果然都有着同样的想法，做着同样的事。不过一旦 IP 超过 4 左右，就会观察到不同。具体来说，就是自己房间中家具的布局改变了，开的车也不同了。在 IP7 世界里，我竟然留着寸头，真是一种非常新鲜的体验。

对我个人来说，最有意义的事果然还是在双方都进行实验的前提下，与平行世界的和音相见。

在第一次转移实验中，我与和音独处时，我们先把 IP 终端机展示给了对方看。我的数值是 001，和音的是 000。相邻的世界和我所在的 0 世界几乎没有差别，和音也非常清楚地知道我们在做什么。

我们先是来到了经常光顾的卡拉 OK 厅，相对而坐。

“初次见面……应该不是初次吧。”

“是啊。我们应该在不知情的情况下见过好几次，而且至少有一次在双方都意识到的情况下进行了对话。”

我当然记得那一次对话。那是和音二十岁生日，我们的第一次以失败告终的夜晚。当时我确实是和IP1的和音进行了对话。

“总觉得怪怪的。说实话，我感觉不到你和IP0的和音有任何区别。”

“在这个世界我才是IP0的和音呢。你身上也完全没有任何不协调感。”

这倒也是理所当然。IP0和IP1世界之间也就只有早餐吃了米饭还是面包这种程度的差别而已。

因此，和音左手的无名指上也理所当然地戴着那枚熟悉的戒指。

“是海蓝宝石啊。”

“啊，嗯，那个，该怎么说呢，谢谢你。”

“怎么突然这么见外？”

“你在自己的世界里也送了我戒指吧？毕竟那也是我，所以我觉得应该对你说声谢谢。”

我现在的心情真的非常奇妙。明明所有的一切都一样，但坐在我眼前的和音，却不是那个我送了戒指的和音。

“你会和我结婚吧？”

“当然了，我想和你结婚。这次参加转移实验也是为了结婚，不是吗？”

“嗯，下次就轮到你了。没什么大不了的，放轻松点。”

“实验本身倒没什么，对我来说，现在这段时间更重要。就是为了验证我们能否爱上恋人，能否接受恋人被爱。”

我点了点头。我们能否爱上平行世界的恋人？能否接受自己的恋人被平行世界的自己所爱？

“说实话，我觉得爱是没问题的。如果你现在想和我上床，我应该不会拒绝。”

“或许是这样吧。不过问题在于……”

“嗯，关键是相反的情况。在我的0世界中，IP1的我现在应该也对IP0的和音说了同样的话——问题就在于我能否接受这件事。”

“你现在的感觉如何？”

这是个难题。这是个非常难以回答的问题，不过……

“总之，我今天并不打算和你上床。”

“嗯。”

“也就是说，IP1的我应该也一样，不打算和

IP0的和音上床。这么一想我就放心了。相反地，如果有一天我和平行世界的和音上床了，就代表IP0的和音也会和平行世界的我上床。尽管知道对方来自平行世界，但我们还是选择这么做了。我觉得要是走到了那一步，就说明我们已经能够接受彼此的一切了。”

“没办法上床，就不能结婚？”

“这又是另一个问题了。”

“真麻烦。要是平行世界这种东西没被发现就好了。”

“确实。在过去人们都是在不知道平行世界的情况下幸福地结了婚。”

和音说的话，每个人肯定都曾在心中想过。要是平行世界这种东西没被发现就好了。

但既然已经被发现了，我们就只能在这样的世界中活下去。

就这样，在大约一个月的时间里，实验大体上进展得十分顺利，没有引起什么大问题。我们了解到，无论在哪个世界，我与和音的关系基本上都是和睦的。结果，我虽然没有与平行世界的和音上床，但我确实感觉自己的想法在一点一点地改变。

在我们决定进行第十次，也是短期内最后一次转移实验时，我与和音的人生迎来了巨大的变数。

○ ○ ○

我醒来的地点不是 IP 舱中，而是自己的房间。

房间很暗。我看了眼手机上的时间，刚过半夜两点。正好是我转移过来的时间。

接着我看了眼 IP 终端机，吓了一跳。

IP 数值变成了 35。

依照计划，这次的 IP 应该在 10 左右，不知怎么一下子变成了 35。我转移到了比原目的地还要远 25 的平行世界。可能是 0 世界那边出了什么差错吧。

直到 IP9 的世界，我都是在 IP 舱中醒来，因此可以立刻与在场的另一个世界的爸爸共享信息。然而，这个世界的我难道是没参加选择性转移的实验？如果是这样，这么晚到研究所去，所里大概也没人。总之，我打算等到早上再去上班。

我似睡非睡、迷迷糊糊地度过了一夜，然后迎来了清晨。

我离开房间，走下楼梯。家里倒是和 0 世界一样。

外公、外婆和尤诺都死了，现在家里只剩我和妈妈两个人住。和音应该很快也会搬进来一起住，但 IP 相差 35 的世界和原本的世界相似到什么程度还很难说。

“早上好。”

我提心吊胆地朝厨房里的人影打招呼。

“哎呀，早上好。你今天起得真早。早饭还没做好哦。”

听见妈妈熟悉的声音，我安心了不少。

“妈妈，我有件重要的事要对你说，我现在的 IP 是 35。”

“35！你是从那么远的世界过来的呀？”

“嗯。今天我要去研究所查资料，可能会比较晚回家，你累了就先睡吧。”

“好，好。不过，35 啊？还真稀奇。这种情况很少见吧？”

“嗯，这种情况很少自然发生。可能是因为这次我是在实验中转移过来的。”

“哎呀，你可要注意安全啊。”

“没事的，你看我这不是好好的嘛。”

就算是 IP 相差 35 的世界，我也能像这样正常地和妈妈说话。她看起来也没什么不同。我原以为她会问我很多关于0世界的事，但她却什么也没问。所以，我也决定不问妈妈关于这个世界的事。

那之后我像往常一样吃完早餐，像往常一样前往研究所。路上的风景也没什么不同，研究所也在同一个地方。

我先是到了平时爸爸所在的研究室找他。有些房间光凭我的ID进不去，所以我把他叫到了公共区。所幸他似乎不是很忙，马上就来了。

“怎么了，阿历？”

“嗯，总之，你先看看这个。”

我什么也没解释，立刻把IP终端机展示给他。

“35！怎么回事，发生了什么？”

我向惊讶的爸爸说明了我在0世界参加转移实验的事。

“原来如此，你在你的0世界里参加了转移实验啊。这个世界也进行了转移实验，但实验对象不是你。”

果然是这样，我的猜测是对的。这么看来，这次远距离转移果然是因为我的0世界那边出了差错。

“我应该回得去吧？”

“啊，这应该是没问题的。去和所长说一声，请她让你使用IP舱吧。不过机会难得，你就在这里待个两三天吧。能和这么遥远的世界交换信息的机会可不多。”

“嗯，没问题。”

“很好，那我们赶快开始吧。你等着，我去喊所长过来。”

爸爸少见地显得有些兴奋。我能理解他的心情。和遥远的平行世界交换信息是一件非常具有诱惑力的事。

所长很快赶来，迅速开始进行会议前的准备。这一天，我们互相交换各自世界的研究情况，一直到晚上。

○ ○ ○

直到晚上八点，我才终于获得自由。

接下来的时间将用于实现转移实验的另一个目的，就是和平行世界的和音交流。要确认我能否爱上所有和音，这样的远距离转移是天赐良机。

我在研究所待到了这么晚也不见和音的身影。

我本以为世界间的距离太远，和音可能从事了其他工作，但查过之后发现她确实就职于这家研究所。看来她应该是从属于其他研究团队，今天正好没碰上面。

我看了眼出勤数据，她似乎还在所里，于是我便来到大门旁的接待室等她。

大约二十分钟后，和音来到大门口。她走路的速度在女性当中算快的。我追在她身后，像平常一样和她搭话。

“和音。”

“哎，高崎，你辛苦了。”

我有一种强烈的不协调感。

高崎。和音的确是这么喊我的。

我认识的和音自从大一和我交往开始，一直管我叫“阿历”。直到IP9的世界都是这样的。

然而她现在却喊我“高崎”。难道说，在这个世界……

“怎么了？”

我一边思索着该如何回答，一边将目光投向和音的左手。

她的无名指上并没有戴着海蓝宝石的戒指。

我已经预料到了。只要距离够远，就应该存在着我与和音没有订婚的世界。这个世界与 0 世界的距离是 35，这完全是有可能的。

然而，在我看到她没有佩戴戒指时，内心还是难以保持平静。

“高崎……”

和音不解地皱起了眉头。我默默将自己的 IP 终端机展示给她看。看到数值的和音睁大了眼睛。

“35！真是远道而来啊，我还是第一次看到这种数值。”

看到她的反应，我想起了高中时代被和音欺骗的事。

当时，和音把数字贴纸贴在 IP 终端机上，骗我说她来自 IP85 的世界。我彻底被她骗到，但也正因为如此，我与和音的关系才开始变好。

在这个世界上情况又如何呢？也许连这段回忆都不存在？

在我突然开始感到不安时，和音的下一句话让我松了口气。

“你该不会还是对高中那件事怀恨在心，想报复我吧？”

和音这么说完，拿起我的终端机，用手指在屏幕上来回抠。

“好像不是贴纸啊。你真的是从IP相差了35的世界转移来的啊。当年我自称是从哪个世界来的，是35吗？”

太好了。她似乎还记得那段回忆。虽然不知道世界在哪里产生了分歧，但这个世界的和音，应该至少能算我的朋友吧。

“难道在你的世界里没有发生过这件事？”

和音看着我千头万绪、说不出话的样子，好像也和我想到一起去了。我看见她略显不安的表情，明白了那段回忆对于这个世界的和音来说也十分珍贵，这让我很高兴。

“不是35，是85。”

“85？有那么远吗？不过，你当时还真是乖乖上钩了呢。”

“没办法啊，当时我对虚质科学的了解还没这么深。”

“好啦，好啦。”

和音露出得意的笑容。看来在IP相差35的世界中，人的性格并不会有太大的变化。她还是那个让人又爱又恨的和音。

“你辛苦了。”

“嗯，你也辛苦了。”

同事们从我们身边经过，走出大门。我这才注意到我们一不小心挡在了门口。

“站在这里说话也不方便，一起去吃个饭吧？”

“好啊……啊，机会难得，要不我们去那家久违了的卡拉 OK 厅吧？”

“久违了”，听她这么说，我再次感受到了这个世界中我们两人间的距离。在原本的世界，我与和音直到现在都还经常光顾那家卡拉 OK 厅。

“是啊，久违了，去一次也不错。”

我故意这么回答道。

之后，我与和音稍微吃了点东西，来到那家卡拉 OK 厅。

我们先拿了两杯酒，碰杯后唱了几首歌，发泄平日里积攒的压力。等点的下酒菜送来之后，我们便不再唱歌，开始聊天。

我想旁敲侧击地问出这个世界和 0 世界间决定性的分歧点在哪里。我与和音在这个世界上显然没有订婚。那么，我们连情侣都不是吗？只是普通朋友、同事？我会好奇也是理所当然的。

“和音，你现在有对象吗？”

“非常遗憾，并没有。你呢？该不会变成我当年编的故事里的那种人了吧？”

“至少我没有踢飞过想把你拉进小巷里的怪人。”

“啊，我当时是这么说的吗？真怀念啊。”

和音眯起眼睛笑了。这个世界的和音似乎没有男朋友。从她的反应看来，似乎也没有在和我交往。这么说来，分歧点是大一的时候吗？和音当时对我说，总是被人搭讪很烦，让我当她男朋友。在这个世界上，这件事没有发生吗？仔细一想，和音是从那个时候开始叫我“阿历”的。就是因为没有那件事，她现在才会叫我“高崎”吧。

“所以说，就算转移到了 IP 相差 35 的平行世界，我们两人间的关系也没怎么变吗？如果是这样的话，平行世界听起来厉害，其实也没什么了不起的啊。”

因为自助套餐中包含了酒精饮料，和音似乎已经有些醉了。她的酒量还是一样差。

那么，到底该怎么办？我们不光在交往，甚至还订婚了。我有些犹豫该不该对她说实话。因为我觉得就算说出来，也只会给这个世界带来不必要的影响。不，如果这个世界的和音和我今后开始交往，我觉得好像也不算什么坏事。

不，不对。

我差点忽视了一件重要的事。对啊，我刚才怎么没想到呢？

“怎么，看到虫子了？”

“什么？”

“我看你一脸发现了什么东西似的表情。”

“啊，不是的，抱歉，没什么。”

面对和音疑惑的目光，我用暧昧的笑容敷衍过去。

“所以说，在你的世界里，我们两人到底是什么关系？”

“这个，还是不说为好吧。”

“哦。”

和音嘟起了嘴。没错，我不该告诉她0世界中我们的关系。

因为这个世界的我可能有除和音之外的女朋友。

虽然这件事的可能性非常低，但并不是零。既然如此，我还是别给她留下错误的印象比较好。不，就算我没有女朋友，也不该说。这个世界的我与和音都好好过着自己的人生。我不该给予他们多余的信息，扰乱他们的生活。

“我还挺认真地以为，如果在比较远的世界里，我们两人可能是男女朋友呢。”

“是有这种可能。”

是啊，对于这个世界的和音来说，我的世界是我们两人在一起的可能性的世界。

对于没有在一起的和音和我来说，那也许是他们会在寂寞难眠的夜里想象的世界。

相反地，这个世界对我来说也是可能性的世界。

是我没有选择和音，和音也没有选择我的可能性的世界。

为了让我选择和音的可能性得以存在，我绝不能否定我不选择和音的可能性。

就在这时……

“啊！”

眼前的迷雾仿佛忽然消失，我找到了答案。

可能性。

爱上她的所有可能性，或许就意味着……

“啊，原来是这样。”

“嗯？你怎么了？”

“没事，我刚解决了一个烦恼。”

“嗯？”

和音不解地歪着脑袋。我觉得她非常可爱。

我能和这个和音结婚吗？答案非常明确，不行。说是不行，其实是不该这么做——因为我要和我的和音结婚。

“我说，和音……”

“什么事？”

“虽然不能把具体情况告诉你，但我现在，非常幸福。你呢？”

“嗯，非要说的话，应该是幸福的吧。”

“是吗？那就好。”

我举起玻璃杯，小小地庆祝了我们的幸福。

不知怎么的，我突然好想见我的世界的和音。

○ ○ ○

我在两天后回到了0世界。

研究所充分吸收了IP35世界的研究成果，通过IP舱进行了选择性转移。我的IP顺利恢复到了000。

我刚走出IP舱，负责控制磁场的研究员就一个劲儿地对我道歉。我是在知晓这种风险的前提下自愿参加这场实验的。反正结果也没出什么大事，失败的数据对于研究来说也是很有意义的。我这么说着，让研究员抬起头来。说实话，我现在根本顾不上这些。

在这个世界，和音和我身处同一个研究团队，围着我的研究员中自然也有她的身影。这两天时间里，她应该一直和IP35世界里的我在一起。

当天工作结束后，我与和音一起回家。

在我的房间里，我们两人相对而坐。

“总之，先欢迎你回来。”

“嗯，我回来了。”

“另一个我是什么样的人？”

“几乎没什么区别，酒量差，歌喉好。”

“你们去唱卡拉OK了啊。”

“嗯。”

“我也久违地和高崎一起唱了卡拉OK。”

“猜到了。”

我就知道她会和我做出同样的选择。和音心里似乎也是这么想的，我们两人相视而笑。

“你和那个世界的我聊了些什么？”

“聊了关于上帝会不会掷骰子的事。”

“挺好的，正适合我们现在的情况。”

“你呢？你和那个世界的我聊了什么？”

“聊了波动函数不会收敛的事。”

“埃弗雷特理论？”

“关于我们的现在与未来。”

我一脸认真地答道。和音脸上的笑容消失了。

关于我们的现在与未来——这就是我们报名参加选择性转移实验的理由。

在我们结婚的那天，如果其中一方的 IP 变动了，我们还应该继续进行婚礼吗？

“我还没有得出答案。”

“我已经得出答案了。”

“告诉我。”

和音用渴求的眼神看着我，让人难以联想到她平时那副威风的样子。

我对她投以微笑。

“婚礼那天，我们把 IP 终端机取下来吧。”

和音睁大了眼睛。这个提议一定出乎了她的预料。

“这么一来就与 IP 无关了。我们会作为两个独立的人结婚。在过去，人们一直是这么做的。”

“可是，这么一来，不就没办法知道自己和谁结了婚吗？”

“和我啊。你是和我结的婚。”

“……”

“我们将和彼此的一切可能性结婚。”

“一切可能性？”

和音似乎理解不了我说的话，皱起了眉头。她刚才说的话正好适合现在的情况，就用那个作为例子来解释吧。

“假设我掷了一颗骰子。在我掷骰的瞬间，世界分歧成了六个。掷出 1 的时候，和你结婚的是我。掷出 2 到 6 的时候，和你结婚的是平行世界的我。能明白吧？”

“嗯。”

和音老实地点了点头。和音在心里感到不安时会一反常态变得十分温顺。

“但是，你并不是和 1 的那面结婚，而是和整颗骰子结婚。只不过是 1 的面正好朝上了，2 到 6 的面也是存在的。倒不如说，多亏其他世界中的我掷出了 2 到 6，我才能和你结婚。如果其他面不存在，1 的面也不会存在。”

和音用纯真的眼神看着我，默默地听我解释。

这个世界的我只不过是我的一个碎片。她不仅得爱上我的碎片……

“所以，我们到时候把 IP 终端机取下来吧。不是和 1 的面结婚，而是和整个骰子结婚。我们将和彼此的一切可能性结婚。”

“和彼此的一切可能性……”

我能感到和音心中的不安在一点一点地消失。

我与和音没有选择的一切的可能性，正因为有了它们，我们两人才得以结婚。

因此，我将和这一切的可能性结婚。

“不过，当天如果发生了远距离转移，对方拒绝和自己结婚的话，那婚礼还是得中止。不过这样的转移基本不会自然发生，对吧？”

“如果是近距离转移呢？IP 相差 1 或者 2 的。这种情况下，就意味着我会和平行世界的阿历结婚。这是完全有可能发生的。”

“确实如此，但近距离转移很快就会回到原本的世界。说到底，这么近的世界之间，本来就没有太大的差异。如果我把头发给剪了，或是买了不同的车，你就不愿意和我结婚了吗？”

“那倒不会。”

“那就没问题。在相近的世界中，我都选择了和你结婚。”

“就算这个世界的我和相邻世界的阿历结婚，你也没意见吗？”

“只不过是骰子换了一面，掷出 1 的你和掷出 2 的我结婚而已。这两个骰子结婚的事实是不会改变的。结婚的还是我和你。”

“结婚的，还是我和你……”

和音脸上低落的表情已经消失了九成。但她似乎还是没办法抹去那最后一成。

能将这最后一成抹去的手帕，果然还是……

“和音。”

“嗯。”

“我爱着你的一切。我希望你也能爱上我的一切。”

“嗯。”

“我们结婚吧，和音。”

“嗯。”

和音的眼中流下一行泪。

我摘下她的眼镜，温柔地将泪水拭去。

○ ○ ○

就这样，我们和彼此的一切结婚了。

幕 间

凭借着我们进行的所内临床试验的结果，选择性转移的临床试验获得了正式许可，该技术也在三年后实用化。

这是因为数个平行世界同时开始实验，实现了平行世界间信息的同步化。选择性转移在某种意义上将平行世界变成了一台量子计算机。

因此，虚质科学取得了飞跃性的发展。我们终于成功观测到虚质元素，并使 IP 固定化，即通常称为“IP 锁”的“平行世界间移动控制技术”等多项技术实用化。

当然，针对选择性转移带来的种种新技术，政府也迅速开始完善相关法律。这些技术若是遭到犯罪者的滥用，后果将不堪设想。例如，犯罪者在某个世界犯下罪行后，可以通过选择性转移移动到遥远的平行世界，在那里将IP锁定，使自身返回不了原本的世界。如此一来，罪犯就能轻易逃脱制裁。像这样，将罪行强加给平行世界的自己的行为，世间称为“IP冤罪”。

针对这点，政府完善了关于平行世界的多项法律，以此为依据在内阁府重新设立了虚质技术厅。所有拥有虚质科学实验设备的设施均必须登记在案，使用IP舱等设备时必须保管并提交所有记录。此外，政府还在警察厅和监察厅中成立专项部门，实现了平行世界间犯罪调查的同步化，避免IP冤罪发生。在调查和审判结束前，允许相关部门暂时锁定相关涉案人员的IP，防止其转移至平行世界。

我所就职的研究所在虚质技术厅设立的同时成了独立行政法人，名称也变得十分冗长：国立研究开发法人虚质科学研究所。与此同时，警察、检察官和律师等陌生人员开始频繁进出研究所，给只想专注于研究的我们增添了许多繁杂的工作。但也因为如此，研究员的薪酬得到提升，我们的家人再也不必为金钱问题而感到困扰，倒也算是好事一件。

此时，选择性转移和IP锁还是与普通人无缘的技术，但这两项技术在这之后开始迅速普及，在不远的将来，我们将迎来一个民间企业面向一般家庭提供相关服务的时代。光是要跟上不断进步的技术和不断变化的价值观，就足以让人们感到疲惫不已。

在这个思维、生活方式发生巨变的世界中，我与和音的新婚生活平静而幸福。

我们偶尔会有点小摩擦，但关系基本上十分和睦。每当妈妈见到我们这样，一脸羡慕地说着“真好呀”的时候，作为一个经历过父母离异的孩子，我都不知该作何反应。

与被时代洪流夹裹着的这个世界的其他人不同，那次实验之后，我再也没有经历过远距离转移，我们过着无比安稳的日子。

结婚后的第二年，我们迎来了期盼已久的孩子。是个男孩。

我们将儿子取名为“凉”。凉音通“良”，由象征“水”和“家”的象形文字构成，希望他将来能成为一股清流，构建一个美好家庭。

非要说有什么不满，就是和音过于疼爱小凉，都不怎么理我了。要是让人知道我嫉妒自己的儿子可就太丢脸了，所以我尽量装出一副不在乎的样子。

不过等小凉慢慢开始懂事，和音也不像小时候那么宠溺他了。也因为住在一起的母亲替我们照顾小凉，我们两人趁着休息日约会的机会也变多了。这下子轮到小凉觉得我从他身边把和音抢走了，开始介入我们的两人世界。

在我半开玩笑地和儿子为了和音争风吃醋时，她总会露出无奈的苦笑。

这样的时光虽然平凡，却无比幸福。

○ ○ ○

终于，小凉明年就要上小学了。

在这一年，我与和音迎来了人生中最为重大的事件。

你

第四章
壮年期

我

一月一日，元旦。

今年的新年我也不得闲，一大早就被和音和小凉强行叫醒，一家人一起去新年参拜。

和音每年都会和我一起来参拜，但今年是第一次带上小凉。和音说，机会难得，想去宇佐神宫参拜。宇佐神宫是全国四万多座八幡宫的总宫，每年有数十万人前往参拜。想要成为其中一人，就一定会遇上地狱般的堵车。我再也不想经历那种感觉了。我滔滔不绝地讲述起当时的疲劳、烦躁，还有憋尿时的痛苦，让和音回忆起那种恐怖。最后我们决定还是和往年一样去稻荷神社参拜。

话虽如此，那也是一个相当大的神社。当我们避开国道，沿着蜿蜒的山路缓缓开到目的地时，参道[1]上已经挤满了参拜客。据说这里每年也有好几万游客前来参拜。

小凉第一次见到这般人山人海的景象，兴奋地跳了起来。

“爸爸，好多人呀！”

“人可真多啊，要抓紧爸爸的手哦，小凉。”

“没错，你可得牢牢抓紧爸爸和妈妈的手哦。”

为了不让小凉走散，我与和音一左一右把他夹在中间，紧紧握住他的手，慢慢往前走。我们穿过无数鸟居[2]，爬上漫长的台阶，花了几十分钟才抵达前殿。不过，比起超过一个小时的堵车，这已经算轻松的了。

我们终于排到了油钱箱前，取出事先准备好的油钱。

“小凉，把那个铃铛摇两下。”

“好！”

小凉用力摇了摇铃铛，看上去非常开心。然后

---

① 参道：参拜时供人行走的道路。

② 鸟居：立于神社入口的类似牌坊的建筑。

我们三人将油钱投入箱中，行两次礼，拍两次手，最后行一次礼。小凉努力模仿我们的样子真是可爱极了。

“爸爸，你许了什么愿？”

我提前告诉过他，我们等一下要向神明许愿。准确来说并不是这样，不过也无所谓了。人们常说愿望说出口就不灵了，但我并不介意这种事。

“爸爸许愿希望小凉、妈妈和奶奶健康平安。”

“妈妈呢？”

“我也一样。许愿希望小凉、爸爸和奶奶健康平安。你呢？”

“我呀，许愿希望晚饭能吃到汉堡肉饼！”

“又想吃了？小凉还真是喜欢汉堡肉饼啊。”

我与和音也非常喜欢吃汉堡肉饼，但像现在这样每周至少吃一次，还是会觉得有点腻。虽然我们会通过增加其他菜色或创意做法保证营养均衡，但也不能一直这么宠着他。虽然心里想着必须改变，但当下还是没办法狠下心对小凉采取强硬态度。

“妈妈，那是什么？”

“那是甜酒，你还没喝过吗？”

“没喝过！”

“是吗？阿历，要让他喝点吗？”

“小孩子能喝甜酒吗？”

在询问过巫女[①]后，我们要来了一些儿童也能喝的甜酒。可惜小凉似乎并不太喜欢，光是舔了一口就露出痛苦的表情。

我们顺利完成参拜，离开神社境内，返程的路十分通畅。我们沿着后参道下山，看见了来时被人潮挡住的露天小摊。小凉理所当然地表现出了兴趣，正好我的肚子也有点饿了。

“和音，要吃点什么吗？”

“嗯，小凉，肚子饿了吗？”

“饿了。”

“那我们稍微吃点东西吧。”

和音点头同意后，我们开始逛小摊。露天小摊的食物经常会贵得吓人，得要小心一点才行。我放开小凉的手，站在原地，打开钱包确认里面还有多少钱。小凉拉着和音的手跑向小摊。

这时，参道方向传来一阵骚动。

我先是听见了叫嚷声，转过头去看发生了什么。

① 巫女：日本神社中的一种神职人员。

参拜客的队伍突然被打乱，人们朝同一个方向看去。那里似乎就是人潮的中心，但从这里什么也看不见。

接着，突然传来一声怒吼。

男人的怒吼和女人的尖叫交织在一起，人群乱成一团。

挤在狭窄参道上的人们像多米诺骨牌一样接连倒下，逃难的人群往露天小摊所在的广场跑来。四散的人群中出现了一个男人——我觉得那应该是个男人，对方戴着口罩和墨镜，难以分辨性别。

他的右手中握着一把被红色液体染红的刀。

男人发出怪叫，挥舞着刀刃朝这边跑来。

露骨的疯狂让平静的元旦化作地狱。我四处张望，寻找我放开了手的小凉与和音的身影。

下一秒，我的心跳差点停止了。

我看见男人正朝着和音和小凉的方向跑去。

男人的怪叫声越发响亮。我觉得他是在喊“让开”，但我既听不清，也无暇顾及这种事。

人们的惨叫。男人的怒吼。蹲下的小凉，抱紧他的和音。刀刃。红色液体。动弹不得。恐怖。混乱。愤怒。小凉，和音！

我忘乎所以地冲了过去，从一旁踢飞了手持利刃的男人。

○ ○ ○

大过年的，却发生了参拜客遇袭的惨剧。虽然无人死亡，但有多人受伤。这起无差别伤人事件被媒体大肆报道，世间又开始老生常谈地议论起了社会的黑暗和虚构作品中的暴力事件等话题。但比起这些，对于像我们这样亲临现场的人来说，犯人供述时说的“我就是想随便找个人杀”这一句话更让人打心底里感到恐怖。我虽然明白即便是在这个相对和平的国家，偶尔也会发生这种事件，却想不到自己有一天也会被卷入其中。

无人死亡可以说是不幸中的万幸。和音和小凉也完全没有受伤。当时，在我情急之下踢飞犯人后，周围的男人们一齐朝犯人冲去，压制住了他。那之后游客们便报警了，所以我也没有受伤。我不想过多地牵扯进这起事件，所以在警察到场前就离开了。

在回家的车上，和音一直紧紧抱着小凉。小凉似乎并没有意识到自己的生命遭遇了怎样的威胁，还无忧无虑地说着：“吓了我一大跳！”不过比起留下心灵创伤，这样或许更好。

回到家时，那起事件已经上了新闻，妈妈非常担心地跑了过来。

“啊，你们终于回来了！都没受伤吧？”

“没事的，妈妈，我们当时离事件发生地点很远。”

“小凉也没事，您别担心了。”

为了不让妈妈无谓地担忧，我们事先商量好了，告诉她我们发现远处有骚动，为了不牵扯进去，就赶紧回来了。要是让她知道我把犯人踢飞，她可能会当场晕倒。

那天夜里。

在卧室里，和音让我端正坐好。

“糖和鞭子[①]，哪样先来？”

这是和音在生气时，暗示接下来要教训我的台词。到了这一步，想逃已经不可能了。所以我总会先选鞭子，为了在挨骂之后，至少能被她的温柔所治愈。

“鞭子先来吧。”

“很好。我说啊，你居然去踢一个手上拿着刀的

① 指软硬兼施、赏罚并行的手段。

人，实在是太危险了。你不知道自己运动神经有多差吗？以后尽量不要做那种危险的事了。要是你有个三长两短，最可怜的可是小凉啊。”

小凉出生后，和音变了。大概是因为小凉成了她生命中最重要的人。作为一个爱着和音的男人，我的心情有些复杂；但作为小凉的父亲，没有比这让我更高兴的事了。

所以我不会反驳她。要是不那么做，你们会有危险，这种话只不过是借口罢了。我必须在保证自身安全的前提下保护小凉与和音。作为一个父亲，这是唯一的正确答案。

“嗯，对不起。”

“好好反省了吗？”

“反省了。”

“再也不做危险的事了？”

即便如此，我还是不能做出这种保证。我不是什么英雄，下次如果发生同样的事，我肯定会再次以身犯险。

“我尽力。”

和音没有回话，向我投来锐利的目光。

我与和音默不作声，唯有时间在不断流逝。我们共同经历过好几个这样沉默的夜晚，彼此坚持着最后的真诚，因而开不了口。

但是，现在我们都已经三十岁了。

和音发出一声轻轻的叹息，气氛瞬间缓和了。

“鞭子结束，接下来是糖。”

话音刚落，和音就将端坐的我搂入怀中。

“谢谢你救了我们，真是太帅了。”

“不用谢。重新爱上我了吗？”

“嗯。我不是说过了吗？”

“什么？”

“我喜欢的是会把坏人踢飞，将我救出困境的人。”

“啊，真是怀念啊。”

“有没有一种变年轻了的感觉？”

“要不穿一下久违了的高中的校服？”

“笨蛋！”

她的骂声就像我们重合的嘴唇一样柔软。

○ ○ ○

那起事件虽然过去了，但和音的心中却留下了伤痕。

我们正月的假期到三日为止，小凉所在的托儿所也是一样。我们原本打算从四日开始，继续把小凉送去托儿所，专心工作。

然而，和音不想和小凉分开了。

“你不必这么担心的。”

“可是，要是再遇上那种事……”

无论我说什么，和音都这么回应我，不愿离开小凉。

这也情有可原。我倒还好，只是从一旁看着，但和音却是差点被手持带血刀刃的杀人魔从正面袭击了。那把刀本可能夺走和音或小凉的生命。我也并非不能理解和音过度担心小凉，害怕同样的事再次发生的心情。

于是，我联系了公司和托儿所，让和音在平静下来之前和小凉一起休息几天。和音是个聪明人，虽然她现在内心慌乱，但我觉得只要休息个两三天，一定就能冷静下来。

“和音，我跟托儿所和研究所都说好了，你就好好休息一段时间吧。”

“嗯，对不起，阿历。谢谢你。”

和音说着，露出无力的笑容。我为无法给和音带来安全感而羞愧，心想至少得连她的那份工作一起做了，尽一个丈夫、父亲应尽的责任。

然后两天过去了，三天过去了，四天过去了……即便已经过了一周，和音还是不愿和小凉分开。

某个休息日，我和妈妈两人在看电视，和音似乎在小凉的房间里和他一起玩游戏。听妈妈说，这几天和音一直像这样，一刻都不愿意和小凉分开。不过和音还是会认真做家务，在这期间小凉也在旁边，自然地开始帮忙干活，这倒是一件好事。在做了以上铺垫后，妈妈继续说道：

“你不用担心小凉，他一直想着要出去玩，可有精神了。不过和音就……看着真让人担心啊。发生了那种事，会变成这样也是情有可原，但我觉得她有点太想不开了。”

妈妈不知道和音和小凉成了杀人魔的目标。为了不让她无谓地担忧，我们骗她说没被卷入那次事件中。因此在她眼中，和音现在的状态显得有些小题大做。

“前几天还在做菜的时候被刀弄伤了，是不是带她去接受一下心理咨询比较好？”

几天前，我下班回家后，发现和音的左手腕上缠着绷带。就像妈妈说的，和音在做菜时没拿好菜刀，切到了手腕，伤口还挺深的。绷带到现在都还没取下来，说明伤得确实很严重。要是再出现这样的情况，和音可能会受更重的伤。不光是和音，小凉也可能会受伤。这么一来就本末倒置了。

不过，我觉得突然劝和音去接受心理咨询会把她逼得更焦虑，所以并不想这么做。于是我决定再同和音好好谈一次。我今天休假，原本就打算要和她谈谈。

我把我的想法告诉妈妈，然后朝小凉的房间走去。

“小凉，就现在！在那里！快冲！”

“哎呀，妈妈好烦哦！”

房间里传出和音和小凉充满活力的声音。光听这声音，会让人以为和音心中并没有什么阴影。

“我进来啦。”

我打了声招呼，走进房间。小凉戴着HMD[①]，专

① Head Mounted Display 的缩写，即头戴式显示器。

心致志地玩着VR[1]游戏，和音在一旁为他加油。外接屏幕上显示出了足球比赛的画面。

“阿历，怎么了？”

“嗯，我有些话想和你说。”

“什么话？”

“去我们的房间说吧。”

“不能在这里说吗？”

“我想私下和你说。”

“可是……”

和音瞄了一眼小凉。也不知道他是否听见了我们的对话，但他似乎一点都不在意，继续玩着游戏。

“小凉，稍微停一下。”

趁游戏告一段落的时候，我拍了拍小凉的肩膀。小凉取下HMD看向我。

“爸爸要和妈妈说几句话，VR就玩到这里吧。”

“啊？”

小凉嘟起了嘴。我们家的规矩是小孩不能单独玩VR游戏。因为在玩VR游戏时，常会发生玩家沉浸于写实的3D世界，身体不自觉地移动，不慎跌

① Virtual Reality的缩写，即虚拟现实。

倒，撞到后脑勺的事故。和音应该就是担心会发生这样的事吧。

“用电视屏幕也能玩吧？”

“电视玩起来很怪吧！”

这就是时代的进步吧。在我小时候，VR 还只是有钱人的娱乐项目。但在十多年后，VR 已经登上买给孩子的圣诞礼物排行榜的第一名，现在提到游戏，基本上指的都是 VR 游戏。“普通”这一概念会随着环境而变化，用电视屏幕玩游戏对现在的孩子来说已经不是一件普通的事了。不过，无论游戏再怎么进步，影响也比不过大幅改变了世界对“普通”一词定义的虚质科学。

“总之，我要暂时把 HMD 没收了，等我们说完话就还给你。要出门的话记得说一声。”

“好。”

小凉一脸不满，但还是乖乖点了点头。我松了口气，看来我在这一方面对小凉的教育还是成功的。

“小凉，自己玩的时候要小心哦，不能做危险的事。”

“妈妈最近真是烦死人了！”

“我都是为了你好！因为真的很危险啊！”

见自己关心的话语被小凉敷衍带过，和音厉声说道。这还是她第一次这么生气。我从小凉不满的神情中瞥见了一丝恐惧。

“就是说啊，妈妈最近真的很烦哦！小凉自己就能照顾好自己嘛，肯定不会做什么危险的事啦。”

我故意用诙谐的语气这么说道，摸了摸小凉的脑袋。我不希望因为这种事，让小凉心中萌生对和音的恐惧。

“好啦，妈妈也赶紧的，向小凉说声对不六！”

“什么对不六啦，小凉，对不八。”

“是对不起啦！”

不愧是我的儿子，吐槽真犀利。也多亏和音反应快，接得好。一家三口和睦地对视而笑后，我与和音回到了我们的房间。

○ ○ ○

然而，进了房间，两人面对面坐下后，那唯一一点笑容也消失不见了。

“和音。”

“我知道的。”

“我也能理解你的心情。我知道你很爱小凉，所以才会担心他又遇上什么危险，但我不支持你因为过度担心而这样束缚他。”

“……”

“风险确实存在。虽然遇上元旦发生的那种事的概率很低，但我们还是遇上了。这么一想，似乎确实每天一步不出家门，陪着小凉才是最安全的。”

“……”

“尽管如此，我还是认为外面世界的生活值得我们去冒这个险。大家都是这样活过来的。如果我担心遇上车祸，一直窝在家里，就不会遇见你，小凉也不会出生。我们不能夺走小凉获得这样巨大的幸福的可能性。”

这几天里，我一直在想该对和音说些什么，该怎么说。我不想伤害她。但看到今天这种状况，我必须做点什么。

所以，我决定用“一直过这种生活会失去许多幸福”这一理论来说服她。我希望小凉能和我一样幸福。不，是比我更幸福。和音也爱着小凉，所以她一定能明白我想说的话。

然而……

“可是，这一切……”

和音的声音和肩膀颤抖着。

“这一切的前提，是得活着啊！我当然明白你的意思。我们的幸福值得我们为之背负相应的风险，我也是这么觉得的。但是我们之所以能这么想，是因为我和你，都还活着啊！”

和音颤抖得越来越厉害。

我自认为理解了和音的心情，但看样子我根本没有理解。

我确实没像和音那样认真考虑过死亡的风险。这大概是因为我设法救下了小凉。说实话，这件事让我有了一些自信。就算下次再出什么事，我也能保护好他。我能做到！我这种毫无依据的自信心，在和音看来也许是缺乏警惕的表现吧。

“因为你在有 99% 的概率抽到上签的抽奖中，一直抽到了上签，才能说出这种话，但万一抽到那 1% 的下签怎么办？每一百个人里就有一个人会抽到下签啊！既然如此，干脆不抽这种做法真的错得那么离谱吗？”

“从概率上来讲，因为害怕 1% 的下签而放弃 99% 的上签，确实很可惜。”

“所以我说了，就是因为你没抽到过下签，才能说出这种话啊！”

和音用手抓住我的领子。

我隔着镜片，看见和音的眼中溢出泪水。她的双眼黯淡无比，似乎经历了绝望。

奇怪。这也太奇怪了。

为什么和音会这么害怕那 1% 的下签？

“就是因为你没抽到过下签，才能说出这种话啊！”她刚才的说法，简直就像是自己抽到过下签一样。

这时，我突然注意到……

不知怎么的，我的眼睛突然被和音左手腕上缠着的白色绷带所吸引。

我记得和音是在五天前受伤的。下班回家看到她手上突然缠着绷带，吓了我一跳。那绷带似乎是她自己用右手绑的，缠得歪七扭八的。没错，就像现在这样……倒不如说，和现在一模一样。

她在五天前受伤，绑了绷带。

从那天起，一直到今天，她一次都没有换过绷带？

这正常吗？

“和音。”

我抓起她的左手腕。

“不要！”

她扭过身子，甩开我的手。再怎么说我也是个男人，力气还是比和音大。我强行将她的手腕抓过来，解开了绷带。

绷带下一点伤痕也没有。

“……”

她细长的手腕瞬间失去了抵抗的力气。和音低垂着脑袋，陷入了沉默。

没有受伤，却在手腕绑绷带，到底是为了什么？为了藏东西吗？藏什么？平时和音戴在左手腕上的东西，是什么？

“和音，你的 IP 终端机呢？”

和音似乎放弃了挣扎，顺从地指了指梳妆台的抽屉。

我从抽屉里取出她藏起来的 IP 终端机，戴在她的左手腕上。

我打开电源，确认了 IP。

上面显示的数值是……013。

“从什么时候开始的？”

“一周前。”

一周前。那正好是寒假结束，和音开始过度关心小凉的时候。

从那时起，和音就转移到了 IP 13 的平行世界。不愿离开小凉的，是 IP 13 的和音。

和音担心事情败露，就装作受了伤，在左手腕缠上绷带，取下了 IP 终端机。然后在这一周时间里，一直陪在小凉身边。

她为什么要这么做？

“就是因为你没抽到过下签，才能说出这种话啊！”

答案只有一个。

“和音，难道说，在你的世界里……”

“没错。”

我不想听，我真的不想听，但是……

“在我的世界，小凉在那天，被杀人魔刺伤……死了……”

眼泪从和音眼中落下。

为了不让这个世界的小凉听见，和音压低声音，却还是忍不住喊了出来。她用只有我能听见的微弱声音，发出了对世间万物充满憎恶的哀号。

和音的身体剧烈颤抖着，她咬着牙，压低哭声。唇齿之间泄出的微弱悲鸣让我感到揪心的痛。我一句话也说不出来，只能呆呆地看着她的背影。

“凭什么？只差了 13 而已！在这个世界上，小凉，还活着……那么精神地玩耍着……”

我现在无比后悔刚才对和音说“我能理解你的心情”。

我根本没有理解，也根本无法理解。

我之所以能说出那些话，全都是因为小凉还活着。

如果在我的世界中，小凉在我的眼前被杀人魔刺死了，我绝对不可能说出那种话。

亲身遭遇了这种惨剧的和音，大概是通过选择性转移来到这个世界的。她来到了一个小凉还活着的世界，为了否定小凉死去的世界。

结果就是……

对了。

我这时才想到，对了，IP13 的和音在这里，就意味着……这个世界的和音，现在正身处小凉死去的 IP13 世界。

“和音！”

眼前的和音大概明白我这声呼唤的对象并不是她，所以没有回应我。我深吸一口气，把手放在和音的肩膀上，对她说：

“和音，你……你是通过选择性转移来到这里的吗？”

和音默默点了点头。

“为什么？”

我用尽量温柔的语气问道。

和音迟迟不回答，但我没有催促她。我绝不会责备和音。我不能再伤害她了。如果这个世界的和音是掷出了 1 的骰子，那眼前这个和音就是掷出了 6 的骰子。两人是同一颗骰子。我已经决定要爱上和音这颗骰子的一切。

“我……”

和音终于轻轻地开口了。

我抚摸着她的脑袋，用微弱到几乎听不见的声音向她低语道：“没事的。”

“我想要，见小凉。”

嗯。

“只要再见一次，就好。我想要，再见小凉一面。”

和音再也抑制不住了。

她摘下眼镜，擦拭着从双眼中不停流下的泪水，号啕大哭起来。小凉和妈妈应该都听见了吧。但我实在没办法对她说出“别哭了”这三个字。我只能抱紧不停颤抖哭得像个孩子似的和音，抚摸她的后背。

然后，我开始思考自己接下来该怎么办。

就算把我的嘴撕裂，我也没办法对这个和音说出“赶紧回到原来的世界”这种话。

话虽如此，和音正在另一个世界因为见不到小凉而悲伤地哭泣着，我不能置她于不顾。

平行转移在邻近的世界间频繁发生，很快就能回到原本的世界。相对地，世界间的距离越远，转移的概率就越低，但一旦转移，便很难回到原本的世界。IP13 说不上近，但也说不上远。我感觉就算放任不管，她应该也能自然地回到原本的世界。

“妈妈。”

这时，小凉打开了房门，一副战战兢兢的样子。

“爸爸，妈妈她怎么了？”

听见小凉声音的瞬间，和音的双手更加用力地抱住了我。

我抚摸着和音的手，一边安慰她，一边对小

凉说：

“啊，妈妈说她肚子痛呢。小凉，你过来帮她揉揉？”

“肚子，痛吗？”

小凉一路小跑过来，一屁股坐在和音身边，伸手去摸她的肚子。

“妈妈，你没事吧？”

“小凉……”

和音抬起满是泪水的脸，缓缓地抚摸着小凉的脑袋。

“谢谢你，小凉真是个乖孩子。”

“妈妈，你别哭了。我告诉你哦，只要这样摸摸，肚子就不痛了。”

小凉受和音影响，一脸快要哭出来的样子。他将手心按在和音的肚子上轻揉起来。小凉肚子痛时，和音总会这么做。

“怎么样？舒服吗？”

“嗯、嗯，谢谢你，小凉。”

我看到和音擦着眼泪，对小凉露出笑容，便悄悄走出了房间。我一方面想让他们母子独处；另一方面想到妈妈现在一定很担心，也得出去向她解释一下。

我来到客厅，只见妈妈呆呆地坐在沙发上，电视也没开。

“妈。”

“啊，阿历，和音，她没事吧？”

“嗯，已经没事了，现在小凉正陪着她。”

我嘴上这么说着，心里却完全不知道到底哪里没事了。

“是吗？那个，阿历……”

妈妈话正说到一半时，我的终端机接到了一个电话。

我不知所措地看着妈妈。她微微一笑，伸手示意我先接电话。我先看了一眼来电人。

“是爸打来的，妈，我先接一下。喂？”

“啊，阿历，现在方便说话吗？”

“嗯，怎么了？”

“能麻烦你带着和音，现在马上来研究所一趟吗？”

“现在？马上？带着和音？出什么事了？”

虚质科学研究所全年无休地运作着，休假是轮班制的。因此，如果有特殊情况，就算是休息日也会被叫回所里。然而这次，我从爸爸的语气中感觉到情况和往常并不一样。

“嗯，其实呢……”

爸爸说出的话，完全出乎了我的意料。

○ ○ ○

我拜托妈妈照顾小凉，好不容易说服了和音一起来到研究所。爸爸和佐藤所长已经在那里等我们了。

爸爸在电话里告诉我，我与和音的 IP 被锁定了。

一般来说，只有在涉及犯罪时，IP 才会在未经本人同意的情况下被锁定。我唯一能想到的只有新年里那件无差别伤人事件，但那起事件的犯人早已被逮捕，已经结案了。除此之外，我想不出自己的 IP 被锁定的原因。

我问爸爸是怎么回事，他却说见了面再细说。于是我便像这样来到了研究所。我们四人进入完全隔音、屏蔽信号的会议室，把门锁上后，爸爸简单地向我说明了事情的原委。

“简单来说，平行世界的你与和音，是一起杀人事件的重要知情人。”

“杀人？”

突然听到这两个字，不光是我，连和音也惊讶地睁大了眼睛。

“今天早上警察来过，给了我们一份资料。你们两人的 IP 是在昨晚被强制锁定的。事件大约发生在前天晚上，SIP 相对值为 22 ± 10。正常情况下，这应该是和你们两人没有直接关系的数值。不过……”

SIP 的正式名称是“史瓦西 IP”，用于表示在某一世界中发生某一现象时，在多大范围内的平行世界会发生完全一样的现象。22 ± 10，就意味着将这个世界的 IP 看作 0 时，这一现象会发生的所有平行世界的相对中心点为 IP 22，发生了相同现象的平行世界的范围为 IP 12 到 IP 32。

如果 SIP 的数值中不包含 0，就说明这一现象和自己的世界没有关系。这次数值的范围是 12 ~ 32，也就是说，理应和这个世界并没有直接联系……

爸爸的话停在了“不过”上。我知道他想要说什么。

“在完全相同的 SIP 范围内，发现了未经许可的平行转移记录。转移距离为 13，转移对象是你，和音。”

“没错。”

没错。现在坐在我身边的和音的 IP 是 13，正好包含在 SIP 的范围内。这么一来，说明发生的事件至少与这个和音是有所关联的。

“在你们来之前，我把能搜集到的信息都搜集了。事件发生在前天晚上，大约二十时到二十三时。案发现场根据平行世界略有不同，你们看一下这张地图。”

爸爸这么说完，摊开一张在这个时代显得有些过时的纸质地图。那是我所居住的地区的详细地图，其中好几个地点被标上了记号和数字。

“这就是各个平行世界中的案发地点。”

我逐一看过去，案发地点有的在建筑物中，有的在小巷里，有的在公园里，要说共同点，就是都离我家不远。

倒不如说……

“这个地点没标错吧？”

我指向地图上被标注的一栋建筑物，向爸爸确认道。他表情凝重，缓缓点了点头。

“嗯。我确认过很多次了，没有错，就是你现在住的房子。”

果然是这样。我的家在平行世界中，成了杀人事件的现场。

“怎么会……可是，为什么？”

“你看过受害者后应该就明白了。”

接着，爸爸拿出的资料是一份带有照片的人物简介，应该就是这起事件的被害者吧。那是一名四十多岁的女性，我对她的脸没有印象。看到她的名字时，我一开始还没印象。

“这个姓，难道是……”

“没错。新年里的那起无差别伤人事件。她是那名犯人的妻子。”

连起来了。每一条我不希望连在一起的线索，都连起来了。

“虽然在这个世界中没有出现死者，但在距离20左右的世界里，小凉似乎遇害了。当然，在那个世界里，报道的幅度比这个世界要大得多。你们的房子多次出现在新闻中，犯人的妻子因此知道了位置。然后，根据推测，她在前天夜里独自一人前来向你们谢罪，在那里，她被……”

杀害了。

综合上述条件，很明显，我们两人是最大的嫌疑人。

在不远的平行世界中，我与和音的孩子小凉被杀人魔杀死了。在包含了该世界的SIP中发生了杀人事件，被害人是杀人魔的妻子，案发现场是我家。想都不用想，这起案件最大的嫌疑人就是……

“警方现在似乎认为和音是最大的嫌疑人。”

“和音？为什么？”

我的猜测落空，情况朝最糟糕的方向发展。这种状况下最大的嫌疑人应该是我才对。因为现在位于事件发生范围内的世界的和音，几乎都是从事件没有发生的世界转移过去的。换句话说，她们都是小凉没有遇害的世界的和音。简单来说，她们没有动机。

而且，她们并不是主动，而是被动转移的。进行选择性转移的是事件发生的世界的和音，她们全部出于小凉遇害的悲伤而进行了转移。其他世界的和音可以说只是单纯被卷入了其中而已。

“这太奇怪了吧！和音只不过是被强迫转移了，根本没有犯案的动机啊！倒不如说……”

我把差点说出口的话憋了回去。

倒不如说，是杀了人的和音转移到了这个世界，还更合乎情理。好险！这种话可不能顺势乱说。

“你冷静点，和音被认定为最大嫌疑人自然是有理由的。事件发生在转移后当然也是原因之一，但更重要的是不在场证明。”

“不在场证明？唯独和音没有不在场证明吗？”

“恰恰相反。据说在大多数世界中，只有和音有不在场证明。只不过，其中大部分都在查证后被推翻了。”

怎么会这样？这简直就像是……简直就像是和音伪造了不在场证明一样。

“和音的不在场证明，大多数出自各个世界的你的口中。但警察不会轻信家人做出的证言。警方从一开始就对你们产生了怀疑，在不断调查后发现，你为了制造和音的不在场证明，留下了多处造假的痕迹。”

“怎么会这样？”

那总结起来，就是这么一回事吗：

平行世界的小凉被杀，那个世界的和音感到悲伤，转移到了小凉还活着的我的世界。

代替她去往另一个世界的和音，得知了小凉遇害的事。几天后的夜里，犯人的妻子上门来访。

然后，和音杀死了她。

那个世界的我为了包庇和音，伪造了她的不在场证明。

然而，我的伎俩被警察识破，结果和音成了最大的嫌疑人。

“怎么……怎么会发生这种事？”

我忍不住用力敲打了桌子。

“和音不可能是犯人！她没有动机！因为对她来说……”

小凉并没有遇害啊。

但在和音面前，我无论如何也说不出这句话。

“艾茵兹瓦赫之门。”

——我不知道是谁说出了这句话。

“所长。”

听爸爸这么低声说道，我才明白是佐藤所长在说话。不过，所长刚才说了什么？艾茵兹瓦赫？

“一旦穿过这道门，无论是多么善良的人，多么纯真的孩子，都会化身杀人魔。几十年前，有位作家如此写道。”

在这之前，所长一直呆站在边上，似乎对我们的对话没有任何兴趣，甚至显得有些无聊。她现在突然在说些什么？

艾茵兹瓦赫之门？穿过的人都会变成杀人魔？她是想说和音穿过了这扇门吗？太愚蠢了，怎么可能有这种门存在？人不可能在突然之间发生如此大的变化。

微微抬起头来的所长用深邃的眼神望着我。

“总之，赶快解除 IP 锁，把和音带回来。我得和她谈谈。”

“阿历，你知道的，没有警方的许可是没办法解除 IP 锁的。”

“只不过是原则上不能解除，并不是没办法解除。”

“作为所长，我不能允许你这么做，会引发很多麻烦的。”

所长和爸爸，受到这两位研究所实质领导者的反对，这个计划是不可能实行了。那我又该怎么办才好？

“总之，你先休息一段时间，别来上班了。有什么新的进展我会马上通知你。你冷静下来等我的消息。”

冷静下来？在这种状况下怎么可能做得到？

但除此之外我无能为力，只好把警察给的资料全部复印下来带回家里。

我心中想着0世界的和音，想着IP13的和音。

怀抱着无以排解的忧愁。

○ ○ ○

到了深夜，我还是睡不着。

IP13的和音是在一周前转移到这个世界来的。事件发生时，IP13的和音已经来到这个世界了。也就是说，IP13的和音不可能是犯人。警方应该已经彻查过选择性转移的记录，这是不可撼动的事实。然而我却在那时候一时激动，怀疑了IP13的和音。尽管只是一瞬间的想法，但这是绝对不可原谅的。幸好我当时没有说出那句话。

总之，IP13的和音不是犯人。这么一来，下一个嫌疑人就是IP13的我。IP13的小凉被凶手杀害了，他的动机非常充分。

不过，如果我是犯人的话，为什么要伪造和音的不在场证明？

也许是因为我判断当时的状况会让和音背上嫌疑，为了不让她蒙冤，所以才伪造了不在场证明。但根据警方的资料，IP 13 的我并不承认犯罪事实。如果想要保护和音，在为和音制造出不在场证明后，向警方自首才是最好的做法。

然而，我却声称除了我与和音的第三者才是犯人。在 IP 13 的世界里，我家作为无差别伤人事件中被害人的家而变得出名。我认为是某个抱着看热闹心态的人来到我家附近，碰巧遇见前来谢罪的杀人魔的妻子，出于正义感犯下了罪行。

虽然不能说是毫无可能，但这个想法实在有些牵强。这种做法更让人觉得他是想要包庇某人。

那么，我想包庇的对象……也只能是和音。

但我无论如何都无法想象 0 世界的和音是犯人。

和音在我们遇上无差别伤人事件，我踢飞犯人的那天夜里，对我这么说过：要是你有个三长两短，最可怜的可是小凉啊。

和音最关心的就是小凉。她的小凉还在 0 世界等她，她却在平行世界犯下杀人罪，再也回不来了。她不可能会做这种事。

那么，我能想到的可能性只剩下一个。这个假设能解释所有不自然的状况，除了一点。

IP 13 的我，故意想让警方怀疑 0 世界的和音？

这么一来，所有不自然的状况都能得到解释。

“阿历……”

一个微弱的声音喊了我的名字。

我转过头，本已经睡着的和音一脸担忧地看着我。

“你在干什么？还不睡吗？”

“我睡不着。”

“你在想那起事件吗？”

和音这么说着，走到我身边坐下，把脚伸进被炉里。

和音默默凝视着我。我看着她的眼睛，开了口。

“我觉得和音不可能是犯人。但是，如果我才是犯人的话，那在我看来，我这么做只可能是为了将罪行推给和音。即便是在其他世界，我也不愿相信自己是个会对和音做出那种事的人。”

无法相信，不愿相信。

思考了半天，结果最后还是诉诸感性。

“嗯，我也不愿相信阿历会做出那种事。阿历对我说过，他会爱我的所有可能性。所以，他应该不会对这个世界的我做出那么过分的事。”

啊，那是我对和音说过的话。果然，平行世界的我也依然是我啊。

“倒不如说……”

“什么？”

和音一脸痛苦，欲言又止。

“我……”

和音迟迟不说下去。我没有强行催促她，而是默默地等她自己开口。

终于，和音说道：

“我……可能……会杀……”

她在说什么傻话呢？

这是理所当然的。IP 13 的小凉被杀了。所以，杀人的有可能是眼前的 IP 13 的和音，她是有动机的。这点我从一开始就想到了，但是……

“人不可能是你杀的，这点我是清楚的。你一周前就来到了这个世界，不可能是两天前发生在另一个世界的事件中的犯人。”

“不是，我不是这个意思……”

不是这个意思，那是什么意思？“我可能会杀……”她的意思是，和她不同，0 世界的和音是不可能杀人的。她是想告诉我，0世界的和音没有动机吧？

“如果，我是0世界的和音，我转移到IP13的世界，知道小凉被杀了，光是这样，我可能就会动手。”

她到底，在说些什么？

她的意思是，没有经历过小凉遇害的和音，转移到了小凉遇害的世界，光是这样就能产生动机吗？

这简直，简直就像是在说……

“你是想说和音是犯人吗？”

“不是的。不是的……但可能性，是存在的……”

我的大脑一片空白。

然后被鲜红所占满。

别瞎扯了。那个善良的和音，怎么可能杀人？

我就不该这么认真地听她胡说八道，太过分了。

这个和音——IP13的和音，根本就不了解0世界的和音。

小凉遇害的IP13世界的和音，根本不可能明白小凉没有遇害的0世界和音的心情。

为什么要说这种话？她只不过是个从其他世界

来的和音而已。

说到底，她为什么要到我的世界来？

我们一直很幸福。非常幸福。

但和音却浑然不知地被转移到了小凉遇害的世界，背上杀人的嫌疑，IP 也被锁定。

如果和音的嫌疑一直无法被洗脱，会怎么样？ 0 世界的和音会在 IP 13 的世界被逮捕，IP 将继续被固定，再也回不来；而 IP 13 的和音则会在这个世界中作为小凉的母亲，过上幸福的生活？

别开玩笑了。

为什么和音……为什么我们，要突然被平行世界来的其他和音夺走幸福？

就在这时，我注意到 IP 13 的和音用非常悲哀的眼神看着我。

我浑身直冒冷汗。

我……我刚才，在心里是怎么想和音的？

要爱上她的一切可能性。我发过誓，不光是和骰子的某一面结婚，而是要和整个骰子结婚。我刚才是不是对我的伴侣，有了非常过分的想法？

我刚才，一定用非常丑恶的眼神瞪着和音吧？

我光是想着 0 世界的和音，丝毫没有顾及 IP 13

的和音的心情。

我忘记了，我们的誓言……

在我因为践踏了昔日的誓言，而对自己怒不可遏的时候……

“难道说……”

我突然灵光一闪。

平行转移。

选择性转移。

0 世界的和音和 IP 13 的和音。

IP 锁。

杀人事件。

平行世界的我。

爱上所有可能性的誓言。

没能坚守誓言的我。

“和音。”

“嗯？”

“对不起。”

我能做的只有道歉。

“你为什么要道歉？”

和音不解地问道。要问为什么，原因是……

我发现了，这起过于自私的事件的真相。

"我知道犯人是谁了。"

○ ○ ○

一周后。

和音的 IP 锁被解除了。为了将她送回原来的世界，我们一同来到研究所的转移室。

IP 13 的和音躺在 IP 舱里。这一周里，她没去上班，一直和小凉待在一起。不过，这应该是因为她知道自己很快就得回到原本的世界，所以我并没有责备她。我已经找回了对 IP 13 的和音的关怀。再说了，我觉得自己也没有资格责备她。

"阿历，果然就像你说的那样啊。"

在关上 IP 舱前，和音对我说道。

我知道犯人是谁了。我提供的情报经由警方之手被同步化，昨天，从平行世界传来了真正的犯人已经被捕的消息。

真正的犯人当然就是 IP 13 世界中的高崎历。

事件真正的经过是这样的：

平行世界的小凉被杀害，悲伤的和音转移到了小凉还活着的世界。

被交换到另一个世界的和音得知了小凉遇害的消息。

几天后的晚上，犯人的妻子到我家里来谢罪。

犯案时间在不同的平行世界中有些许差异，我或是立刻，或是先把犯人的妻子赶跑，之后又追了上去。

总之，平行世界的我将犯人的妻子杀害了。

IP 13 的我想到了一个办法。

如果把杀死这个女人的罪行推给 0 世界的和音，警方就会将和音的 IP 锁定。

这么一来，IP 13 的和音就不会通过选择性转移被送回来，至少在这起案子解决之前，能幸福地生活在小凉活着的世界。

为此，IP 13 的我只伪造了和音的不在场证明。不过，为了让警方一调查就露出破绽，他故意做得非常马虎。

正如他预料的，伪装被警方看破，最后判断是高崎历为了包庇妻子而伪造了不在场证明，和音成了最大的嫌疑人。

“你为什么突然知道真相了？”

我没有将自己找到真相的契机告诉任何人。

但我觉得我应该向和音坦白。

“在我发现真相的那个晚上，你对我说，也许0世界的和音也有动机，我当时，在心里憎恨了你。”

没错。我憎恨了骰子上6的那一面。

“当时我心里只想着0世界的和音，彻底忘了我已经发誓要爱上你的一切可能性。”

和音默默地听着我说话。

“我心想，既然我会有这种想法，那IP13的我也许也是这样的。IP13的我，也许会只想着IP13的和音而行动。更何况他刚失去了自己的孩子，一定很难保持冷静吧。”

我原以为人不可能突然发生这么大的改变。

但恰恰是我自己证明了我的想法是错的。

所以我意识到了，IP13的我，一定变了。

“我开始思考IP13的我能为IP13的和音做些什么，然后就找到了答案：牺牲0世界的和音这个无辜的人，让IP13的和音得到幸福。”

我做了我会做的事。而IP13的我，也做了我会做的事。

我只爱着骰子上1的那面，只爱着自己世界的和音。

“太自私了。回去之后，我要和他离婚。”

“他的行为是不可饶恕的，但如果可以的话，我希望你能等等他。”

“那，你再发一次誓。”

“我发誓，我会爱上你的一整颗骰子，爱上你的所有可能性。”

“嗯，那我就原谅他吧。”

“你得让 IP 13 的我也好好发誓才行。”

“不用了，反正你们是同一颗骰子，不是吗？”

这么说完，和音微微一笑。

“我回去了。”她如此低语道。

○ ○ ○

我合上舱体的罩子，将电磁波调整为前往 IP 13 世界的状态。

现在在邻近的平行世界中，一定也发生着同样的事吧。

选择性转移给人的感觉只不过是闭上眼睛几秒钟而已。其实睁开眼睛也没关系，但为了减少视觉信息的混乱，还是闭着比较好。

我下意识地看向 IP 舱中闭着眼睛的和音的脸。

这时，我突然注意到她的嘴角在抽动。

皱起的眉头在微微颤抖。

紧闭的眼中留下一行泪。

然后，我清楚地听到和音这么说道：

“太不公平了。”

“凭什么，只有这个世界……”

○ ○ ○

那天晚上。

我，回到了这个世界的和音，还有小凉，三个人久违地并排睡在一起。

早已习惯独自睡觉的小凉，虽然嘴上说着自己一个人也能睡，但脸上还是带着几分喜悦的神色。可能是我这个爸爸的错觉吧。

我与和音不想吵醒已经睡着的小凉，低声交谈着。

“如果 99% 的幸福是建立在 1% 的不幸的基础上，那我们，到底该怎么办？我们有资格得到幸福吗？”

“我不清楚，但我们既然已经得到了幸福，就应该幸福地生活下去。否则那1%的不幸就没有意义了。不过，肯定是因为我们是幸福的，才能说出这种话吧。”

“也许，是这样的吧。”

1%的不幸是如何看待99%的幸福的？IP13的和音临走前的话就是答案。

“不过，我还是觉得我们就算是将错就错，也得幸福下去。我们必须将现在的幸福和未来的幸福连接在一起。我们不是在践踏那1%的不幸，而是将它作为垫脚石。”

“把它当作垫脚石，真的好吗？”

“没有什么好不好的。我们现在已经站在上面了。我们能做的只有站在一切可能性之上，继续生活下去。”

“嗯，是啊。”

小凉躺在我与和音中间，发出平静的呼吸声。和音怜爱地用手抚摸小凉的脸，我也将自己的手放在和音的手上。

入睡前，我再次向和音发誓。

“我会爱着你的所有可能性。今后，我会连那1%

的不幸也一起去爱。”

和音答道：

“我现在清楚地明白自己有多幸福了。”

“我也是。”我如此回答。

幕间

时间平静地流逝着，我与和音已经是花甲之年。

“爸爸、妈妈，我其实有想要结婚的对象了。”

小凉带着绘里来见我们，如此说道。她看上去有些柔弱，但非常可爱。

我们没有任何理由反对。其实这件事并不突然，绘里在刚开始和小凉交往时就经常来家里玩，我们反而有种“终于要结啦”的感觉。考虑到两人应该很快就会结婚，双方的家人也慢慢开始有所往来。

终于，两年后的春天，小凉告诉我们他们要结婚了。婚期比我们预计的要晚，悄悄存下的结婚资金也已经变得相当可观。我告诉他们，想办多豪华的婚礼都没问题，他们却说，简单一点就好。我当时觉得他们可真没劲。

问题发生在那天晚上。

“爸爸、妈妈，能聊几句吗？”

小凉和来家里过夜的绘里一起来到我们夫妻的房间，说是有事要和我们商量。我与和音也不由得端正了坐姿。

然而，小凉和绘里却迟迟不开口。该不会是得了什么严重的大病吧？我真的开始有些担心了。

“所以，你们想要商量什么？”

我鼓起勇气开口问道。和音也一脸认真地竖起了耳朵。

看他们一脸苦闷的表情，我还以为是在烦恼些什么呢，结果……

“其实吧，我们希望能在婚礼上锁定 IP。”

我心中的紧张感一下子消失了。

“那个……一想到我们可能会在婚礼当天转移，我就好担心……不过，如果能锁定 IP，我就可以放心了。”

就算不问，我也明白他们想要这么做的理由。小凉和绘里，他们和当年结婚前的我与和音有着同样的烦恼。

“爸爸，我记得你工作的地方，有提供锁定 IP 的服务。如果可以的话，想麻烦你帮帮忙，行吗？”

此时，IP 固定化技术已经普及，法律允许人们自愿在婚礼等特殊场合锁定 IP。当然，必须事先提出申请，并通过严格的审核。当时，我们夫妻两人虽然没有刻意往上爬，但在研究所里已经取得了挺高的地位，在这方面说的话还是有点分量的，所以也难怪小凉和绘里会来拜托我们。

不过，光是来找我们商量就让他们烦恼成这样，看来他们已经领悟到那个道理了——IP 固定化意味着消灭可能性的世界。

尽管如此，他们还是希望能和唯一的爱人结婚，所以才来找我们商量。

“我和你们讲讲以前的事吧。”

“好啊，这样比较好。”

我与和音聊起了往事。

从两人不堪回首的邂逅，我被多次拒绝，和音过于随便的表白，一直聊到求婚，遇上和他们同样的烦恼。当然，我们并没有提起那失败的第一次。

然后聊到婚礼当天，我们摘下 IP 终端机，选择和对方的一切结婚。

挚爱的儿子出生。

被卷入那起大事件，差点违背了誓言。

现在，过着幸福的生活。

我们向心爱的孩子们讲述了这一切。

我们只是单纯地讲述了往事。至于听后作何感想，决定怎么做，都交给小凉和绘里他们自己。

婚礼那天，两人的手腕上有没有戴着 IP 终端机，我记不清了。

我最近非常健忘，很多事都想不起来了——就当是这么一回事吧。

○ ○ ○

第二年，小凉和绘里有了孩子，是个可爱的女孩。

两人给女儿取名叫“爱”。

遗憾的是，我的父母在亲手抱上小爱前就去世了。不过，我、和音、小凉、绘里和小爱，我们组成了一个非常幸福的家庭，我与和音在幸福中慢慢老去。

小爱茁壮成长着，在她刚上小学的时候，我确诊得了胃癌。所幸发现得早，我接受的治疗对身体并没有造成太大的负担。但最后，命运之神还是抛弃了我。在我七十三岁时，医生告诉我已经时日不多了。

我本想在医院临终，家人们却强烈反对。

我直到最近才听说“居家临终”这个词。

罹患癌症、时日不多的患者，拒绝在医院接受治疗或在安宁病房进行临终治疗，而是回到住惯了的家中，在家人们的陪伴下度过生命最后的时光。当小凉和绘里向我做出这个提议时，我感到无比幸福。

虽然我不想给小凉、绘里和小爱添麻烦，但我相信家人们愿意陪我一起走过人生最后的时光，这让我感到非常高兴。

我接受了不使用抗癌药物、不进行生命维持治疗这两个条件，选择了居家临终。

七十三岁。或许这个年龄死有些早了，但不可思议的是，我并不觉得害怕或是不满。晚年能在自己宽敞的家中，和心爱的妻子、可靠的儿子、温柔的儿媳，还有可爱的孙女共享天伦之乐，我很满足。就算明天我的心脏会在痛苦中停止跳动，只要家人们陪在我身边，我就能含笑九泉。真是幸福的一生啊。

我从医院回到家中，与和音一同安享晚年。突然，某一天，我的 IP 终端机用语音通知我下个月的日程。

每到月末，这台终端机就会用语音提示下个月的日程。话虽如此，到了这把年纪，我早就没有什么玩乐的日程了。这到底是什么日程？我歪着脑袋，听着语音。

然后，我便得知了那个我毫无印象的日程。

“八月十七日，上午十点，昭和路十字路口，穿紧身衣的女人。”

你

序章，
或是终章

我

忽然，我回过神来。

我眼前是巨大的十字路口上的一条人行横道。现在是红灯，许多车辆在人行横道上穿行。

我走神了。我开始回忆自己刚才在做什么。

对了。人行横道上有个女孩，我一和她说话，她就消失了。我心想，也许是发生了平行转移，我看了眼自己的IP，结果IP却显示不出来，到底该如何是好？

我又看了眼左手腕上的IP终端机，上面显示着“ERROR”。果然是坏了啊。

刚才我还因为确认不了IP而感到有些不安，但奇怪的是，现在我一点也不怕了。不，仔细一想，这根本没什么奇怪的。

在我还是个孩子的时候，世界上根本没有 IP 这种东西。对我们来说，平行世界只是个虚构的概念，我们浑然不知地过着和平行世界共存的生活。

现在只不过是回到了当时的状态，不是吗？

这个世界也只是一个骰子，一个看不见掷出了几点的骰子。

虽然我已经命不久矣，但在最后的日子里，我还是会爱着所有可能性活下去。我非常自然地如此想道。虽然很在意那个消失的少女，但我什么也做不了。就当是看到了幽灵吧。

不过，这下可头疼了。我到底有没有约人在这里见面？

终端机的 IP 显示功能故障了，但其他功能还能使用。我看了眼时间，现在是十点零五分。约定的时间已经过了，我却没看到熟悉的面孔。上午十点，昭和路十字路口，“穿紧身衣的女人”。时间和地点都没错，日期也是对的。

怎么办？反正没别的事，要不在这里傻等吧。如果是公园之类的地方倒还好，但一个坐轮椅的老人在十字路口呆坐着，搞不好会被警察带走。

不过，来都来了，就等个三十分钟吧。

我这么想着，为了不阻挡行人，坐着轮椅来到“穿紧身衣的女人”铜像所在的草坪上。

然后，我将轮椅转到能看见十字路口的方向。

“哎哟……”

心窝附近传来熟悉的疼痛。

伴随着恶心感的疼痛断断续续地向我袭来，仿佛有人拿着研磨棒把心脏强行压进身体里捣碎一样。我喘着粗气，大汗淋漓，从口袋中取出药盒。

“啊……”

不好！我的手抖了一下，药盒掉在地上。我弯下腰想捡起来，却怎么也够不着。可是，如果我从轮椅上下来，大概就没办法自己坐回去了。就在我犹豫不决的时候，疼痛进一步加剧，我的视线逐渐变得模糊。

我可能提的要求太多了。

但如果可以的话，我不想这么死去。

我想要躺在榻榻米上，在小爱、绘里、小凉还有和音的陪伴下死去。

“……还好吗？您还好吗？没事吧？”

一位陌生女士的声音朝我靠近。听声音，那

人和我差不多年纪。应该是看到我这副样子过来帮我了。

“我现在，马上叫救护车。”

“药、药……”

“啊？”

“帮……我拿……药……”

我用尽全力指了指落在脚边的药盒。女士看到药盒，坐在地上帮我捡了起来，弄脏了典雅的服装也不以为意。

“药……是哪种？这里有很多种！”

“每种……一颗……”

“每种一颗，这个，还有这个，给，快吃吧，吞得下去吗？”

女士无视了我伸出的手，亲手把药送到我嘴边，还把塑料瓶中的水喂给我喝。我没费多大劲就吞下了药。

“要叫救护车吗？”

“没事……我没事，谢谢……”

那之后我又花了几分钟调整呼吸。药效应该没有这么快，不过这种事很多时候看的是心态。

又过了几分钟后，我终于觉得舒服了，缓缓睁开眼睛。

我大吃了一惊。那位女士仍旧担心地看着我。

“哎呀……实在是非常感谢。”

“不用谢。您真的没事了吗？”

“托您的福。”

“是吗？那太好了。”

她的脸上露出无比温柔的微笑。

“真要感谢您救了我一命。我想要答谢您，如果方便的话，可以告诉我您的名字吗？”

“不用啦，有困难的时候就应该互相帮助呀。我的名字不值一提。”

“不，可是……”

我还想坚持，但那位女士却扑哧一声笑了出来。

“怎么了？”

“没有，就是，呵呵呵……‘我的名字不值一提’，一直想着要在死之前说出这句台词，总算是赶上了呢。”

“哦，那可太好了，看来我没白痛呀。”

“可不是嘛。”

明明是初次见面，但我和这位女士仿佛相识已久的旧友一般，非常自然地相视而笑。我的脑海中浮现出了和音的脸。我告诉自己，没事的，这种程度算不上出轨。

不过，即便如此……

“那个，我们是不是在哪里见过？”

“啊？”

我到底为什么会突然说出这种话？

女士盯着我的脸看了一阵子。

“不好意思，请问您叫什么名字？”

“我叫高崎历。”

“对不起，我并不认识您呢。”

那之后，出于谨慎起见，我也问了她的名字，但果然还是没有印象。看来单纯是我记错了。或者说……

“也许……也许我们在平行世界见过面呢。”

“哎呀，确实有这个可能呢。”

“或者是我们两人都一把年纪了，犯糊涂忘记了。”

“哎呀，真是的。呵呵呵……”

我们再次相视而笑。不知怎么的，我现在感到非常幸福。

忽然，我想知道她是否也和我一样。

这位优雅的女士，她幸福吗？

“您现在……幸福吗？”

面对我突如其来的问题，女士的脸上丝毫没有流露出厌恶的表情。

“嗯，我很幸福。”

她满脸笑容地回答道。

“那太好了。”

那真是太好了。

我打心底里这么想道。

“那个，您还得赶时间吧？”

“嗯？”

“您刚才应该是想去哪里吧？”

“哦，没事，我不赶时间。我就是今天刚好想来这里走走，散散步。”

“哦，是这样啊。”

“是啊，不过，能够偶然间遇见您，说上几句话，我已经很高兴了。我也差不多该回去了。”

“啊，真是抱歉，耽误您的时间了。”

“哪里的话，我聊得很开心。您接下来要干什么呢？”

“我啊，我在这里等人。”

"是吗？那我先告辞了。"

"真的太感谢您了。"

让我感到幸福的那位幸福的女士，就这么穿过人行横道离开了。

我看了眼时间。

十一点。

不知怎么的，我在心里想道：

我等的人，一定不会来了。

不，我等的人不在这里。

我等的人，我想见的人，不在这个十字路口。

"回家吧。"

回家吧。回到我的家里。

回到那个有小爱、绘里、小凉还有和音的家里。

我从空无一人的十字路口，去往心爱之人所在的世界。

○ ○ ○

"我回来了。"

"啊，欢迎回来。"

在院子里给花坛浇水的和音用温柔的笑容迎接

了我。

“身体状况怎样？”

“嗯，没什么大碍。”

不过刚才那下还是挺惊险的。我决定不把这件事告诉她。

“所以呢，谜题解开了吗？”

“呃，没有，谁也没来。那到底是怎么一回事啊？”

直到最后，我都不知道那条日程到底是怎么回事。但不可思议的是，现在的我已经不再感到好奇了。

“阿历，你遇上了什么好事吗？”

我吓了一跳。我一句话也没说，自认为表现得和平常没什么两样，但和音却看穿了我的心思。

“虽然没等到人，但有了一次美妙的邂逅。”

“哦？怎样的邂逅？”

一提到这事，我的嘴角就忍不住地上扬。

“我在十字路口遇见了一位幸福的女士。”

“女士？”

和音的脸色变得有些可怕。

“哎呀，我都这把年纪了，不可能出轨啦。不是那样的。”

“我开玩笑的。是老朋友吗？”

“不，是个完全不认识的陌生人。”

“哦？那是哪里美妙了？”

“嗯，你一定得听我说说那场邂逅的美妙之处。”

“我听着呢，请说。”

和音转过头，继续给花坛浇水。我对着她的背影说：

“那位女士说，自己现在很幸福。这让我感到很开心。”

“可你根本不认识她，不是吗？”

“正是因为不认识啊，和音。”

“啊？”

和音停下手上的活，转过身看向我。

即便已经满脸皱纹，但她惊讶的表情还是这么可爱。

“我为一个完全不认识的人的幸福而高兴。”

我是打心底里这么想的。

“怎么样，和音，还有比这更美妙的事吗？我是个能为陌生人的幸福而感到喜悦的人。为此，我感到非常幸福。”

不知何时，和音已经放下了水壶，站到我的身旁。她将枯枝般的手放在我的手上，一脸温柔地听着我说话。

“我之所以能成为这样的人，都是因为有你们陪在我身边。爸爸、妈妈、外公、外婆、小凉、绘里、小爱，还有……”

我握住和音的手，凝视着她的眼睛。

“还有你，和音。我想把这份喜悦传达给我所爱的每一个你。正是因为有你在我身边，我现在才会如此幸福。”

“是吗？”

我从未见过比和音此时的微笑更温柔的东西。

“啊，爷爷！你回来啦！”

屋里传来小爱充满活力的声音。这孩子的嗓门还真大呀。

“呵呵……我们进屋吧。”

“嗯，走吧。”

和音推着我回到了我所爱的家里。

回到了象征幸福的那个世界里。

○ ○ ○

我还想把这份喜悦传达给另一个人。

致在我的骰子掷出 1 点时，掷出了 6，甚至是 10、100、1000 或 10000 的……

遥远的平行世界中的每一个我。

致爱上了和音之外的某人的每一个我。

正是因为你爱上了和音之外的人，我才能爱上和音。

谢谢你。我由衷地感谢你。我现在非常幸福。

最后，致那个爱上另一个我的不是和音的人。

我为你献上与感谢同等分量的祝福。

愿你和你爱的人，

能在世界的某个角落，过上幸福的生活。

图书在版编目（CIP）数据

致我深爱的每个你 /（日）乙野四方字著；周立彬译. -- 北京：中国友谊出版公司，2021.8（2025.1 重印）
ISBN 978-7-5057-5257-3

Ⅰ.①致… Ⅱ.①乙… ②周… Ⅲ.①中篇小说—日本—现代 Ⅳ.①I313.45

中国版本图书馆 CIP 数据核字（2021）第 140100 号

著作权合同登记号 图字：01-2021-5604

书名 致我深爱的每个你
作者 （日）乙野四方字
译者 周立彬
出版 中国友谊出版公司
发行 中国友谊出版公司
经销 新华书店
印刷 嘉业印刷（天津）有限公司
规格 787 毫米 × 1092 毫米 32 开
8 印张 120 千字
版次 2021 年 10 月第 1 版
印次 2025 年 1 月第 11 次印刷
书号 ISBN 978-7-5057-5257-3
定价 42.00 元
地址 北京市朝阳区西坝河南里 17 号楼
邮编 100028
电话 （010）64678009

如发现图书质量问题，可联系调换。质量投诉电话：010-82069336